U0067858

劍俠南柯
五虎崗過客
君悅客棧
天空數位圖書出版
Family Sky

目錄

序……5
一、君悅客棧……7
二、武術大會……15
三、施粥之恩……51
四、假仁假義……79
五、椎心之痛……93
六、劍俠南柯……111

七、行俠仗義……127
八、上古神劍……149
九、雙棍奇緣……187
十、自渡渡人……207
後記……283

序

武俠小說之所以迷人，引得人手不釋卷，主要還是作者天馬行空的想像力，以及駕馭文字的絕頂功夫。在筆者眼中，武俠小說說的雖是武和俠，它的核心依舊是人。既是人，便有七情六慾，也就是情感和慾望。這本小說想說的是練武人的七情六慾。其實七情六慾和有無練武並無關係，只要是人，也就離不了情感和慾望。

小說共有十回，首回扮演楔子的角色，其餘九回皆與首回的君悅客棧（或王掌櫃）有著或深或淺的關係。再者，每回故事也可看作是個別獨立故事，它們述說一個人、兩個人、一家人，或者一群人的故事。每回故事皆有一個自己的篇名，藉以點出故事的主旨所在。書名取為劍俠南柯，是因為思索不出一個可以表達十個不同故事的名稱，只好取用其中一個較能顯示本書屬性（武俠小說）的篇名。

武俠小說不一定要有俠，但一定要有武。小說中的武有兩種，一種是憑空想像出來的，另一種是為禦敵、強身，或者養生等現實需要而被創造出來的。這本小說裡的功夫屬後者。本書提到的刀劍槍棒，以下列著作為參考座標：

王蓉菊編《武林功夫拳》（台北市：華聯出版社，一九八二年）。

白俊雄著《國術兵器雜談》（台北市：五州出版社，二零一六年）。

李光甫等著《武術名家談武術》（台北市：五州出版社，二零零四年）。

林伯原著《中國武術史》（台北市：五州出版社，一九九六年）。

徐紀著《中國武術論叢一集》（台北市：五州出版社，二零零二年）。

在筆者心目中，金庸先生的武俠小說已經樹立後人無法攀爬的絕頂巔峰。即使是近來甚為熱門的人工智慧（或人工智能）科技，筆者相信，也無法創造出金庸先生筆下的人物與故事。不過，如果金庸先生的武俠小說已構築成廣袤的叢山峻嶺，每個人卻是可以堆起一片自己的小小山丘，說著自己想說的故事。這本武俠小說正是筆者想說的各式小人物的故事。本書封面書名，蒙淡江大學中國文學系教授暨文錙藝術中心張炳煌主任賜「劍俠南柯」四字墨寶，筆者衷心感謝。

二零二三年九月　五虎崗

一、君悅客棧

店小二馬忠每天一睜開眼，等著他的就是客棧裡裡外外的大小事。

天未亮，養在後院的公雞啼叫時，馬忠就得起身。偶爾想貪睡片刻，聞見雞啼，雙手拉起被子蓋住頭，裝沒聽見，心裡暗忖總有那麼一天要把那隻擾人的公雞給燉了。不過，想歸想，還是得鑽出被窩。那隻啼叫時雄赳赳氣昂昂，頂著一片血紅雞冠的公雞可是掌櫃的報時雞，哪能想燉來吃，就可燉來吃！還不是得依照掌櫃的吩咐，在後院裡好生伺候著。每日三餐少不了撒些大米餵食，有時客人吃剩的菜餚，也得分牠一些。讓馬忠覺得更過份的是，這隻公雞身旁總圍著好幾隻母雞，而他馬忠至今已年過四十，依然孑然一身，無妻無子。每回餵食，總想踢牠兩腳，出出氣，可公雞一閃一躍，如同一位輕功絕頂的武俠高手，跳上柴堆，對著他趾高氣昂地啼叫著。

簡單梳洗後，先到伙房點燃爐灶的火種，添柴燒水。等二廚阿順來，再拿著大廚劉滔昨晚開出的採買菜單，趕去城西早市，買齊他要的各類雞鴨魚肉、青菜、香料和乾果。這劉滔，聽聞是宮裡御膳房的掌廚，一身好廚藝，最為拿手的是湘菜，尤其是剁椒魚頭、干鍋雞、黃鴨叫三道菜，還有特製的酸菜魚，這幾道菜簡直是君悅客棧的鎮店之寶。聽聞他還會名震武林各界仰慕的全魚席，不過馬忠也只是聽說，未曾見他做過。

劉滔手藝雖好，可脾氣暴躁，稍一不如他意，嘴巴罵罵咧咧，倒還算是小事。真讓他動了怒氣，怕不是鍋鏟，就是鍋子飛了過來。阿順和馬忠有時受他怒氣，也不敢頂嘴，只能背地裡暗罵幾聲。客人如果嘴挑，嫌菜的色香味不佳，一飄進他耳朵，可是會從伙房衝到膳堂，大聲理論。大廚的脾氣差，也不知掌櫃的為何一直容忍。

阿順是掌櫃的遠親。大前年，掌櫃回鄉探親，去時一人，回時卻是兩人。掌櫃說，阿順家裡窮，無地可耕，遠房親戚把阿順託給他，讓帶到城裡學些手藝，也好自謀生路。掌櫃看阿順性情溫和，手腳麻利，就讓他在伙房幫忙，也學些廚藝。兩三年來，阿順從只會生火燒水的助手，進步到可以端出多樣菜色的二廚。馬忠年紀比阿順大了快兩輪，一直把他當作是自己的小弟看。在客棧裡頭，馬忠算是阿順可以說得上話的大哥。

有時，馬忠會帶上阿順到早市，讓他與常往來的店家攤販相識，想以後讓阿順代他來採買，自己也可不用天天早起。可掌櫃說，阿順見過的世面不夠廣，不像馬忠知道各類貨物行情，不會被攤商的危言聳聽給唬住，採買一事還是交給他比較妥當。馬忠對採買這事，倒是樂意得很。雖然錢不過手，無法從中撈點油水，店家攤販總會給他點好處，做生意嘛，有來有往，何必一板一眼呢。

來到早市，馬忠可說是熟門熟路了，閉著眼，聞聞街上的氣味都能知道誰在哪個攤賣些甚麼，或者誰今日沒開門擺攤營業。和各家店舖混熟了，如果貨量較大，店家會直接送到客棧。等該買的都買齊了，馬忠通常會到魏元的豆漿攤，買套燒餅油條，配碗豆漿，蹲在攤子旁邊，吃喝起來，順便和魏元閒扯。或到章舖子，來碗燴麵，和章老頭砍大山。

馬忠和魏元兩人是同鄉，來自許州城外約五十里處的陶莊村。由於家裡人口較多，田地不夠兄弟分種，馬忠遂偕魏元到許州找活路。馬忠起先弄些小吃，沿街叫賣，但生意著實不好。無奈之下，將攤子頂讓出去，到君悅客棧當店小二。魏元則是先去陳記豆漿舖當學徒，學些手藝。三年後出師，自己出來做個小買賣，每日肩挑小攤，到早市沿街叫賣燒餅油條豆漿。

填飽肚子後，馬忠得趕緊回客棧，打掃客棧裡外、整理膳堂桌椅，辰時一到，開門營業。店門一開，馬忠就迎來忙碌的一天，直到戌時關門為止。馬忠除了負責膳堂的端茶送飯外，還得兼送外食。這送外食是掌櫃想出的點子，美其名稱為遠親不如近鄰，互相幫襯幫襯。可這一來，累了馬忠，除了飯堂的忙活外，還得拎著食盒外出送食。馬忠偶爾偷個懶，穿街走巷繞點遠路，好躲躲膳堂午時人聲鼎沸的時刻。不過，這把戲也不能常玩，萬一被掌櫃的知道了，少不了吃他賞的一頓排頭。膳堂除了馬忠外，伙房的阿順和阿蓉姐也會幫忙端菜，收拾碗盤。阿蓉姐聽說也是掌櫃的親戚，來君悅客棧的時日比馬忠還久，至今仍小姑獨處。阿蓉姐平時就在伙房幫忙，馬忠忙不過來時，權且充當馬忠的助手。

君悅客棧位於許州北大街和天寶街交叉口上，從開封、鄭州南下，或者南陽、汝陽北上，一定得沿著天寶街，經過許州的君悅客棧。許州的北大街往東可到應天府，往西直通西安府。君悅客棧可說是東南西北路的交會點，這一個絕佳的地理位置，注定客棧成為各色旅人打尖住宿，飽食一頓的地方，也是武林人士走南闖北的歇腳處。尤其是左近的登封為少林寺和武當派的所在地，慕名而來，想拜師學藝，或上門挑戰的各路人馬，皆會先在君悅客棧住一宿。君悅客棧每日送往迎來，好不熱鬧。

馬忠在君悅客棧已待了好些年，面對南來北往的三教九流，生張熟魏，鍛鍊出一副接近巧言令色的嘴臉不說，更是培養出一雙識人辨物的好眼力。只要一見來人的衣著裝扮，聽其話語，大抵都能猜出那人的來歷。再加上聞事不忘的本領，讓馬忠成為各路人馬打探消息的對象。馬忠對客人問他消息這事，樂此不疲，一來可顯示他的本事，二來又可收些客人的打賞錢。掌櫃的看在眼裡，也沒多說甚麼，只要客人滿意，馬忠的忙活也沒擱下，啥事都好辦。

馬忠對客棧裡裡外外，可說熟得不能再熟了，唯一讓他不熟，有時還覺得陌生的是掌櫃。照理說，馬忠待在客棧這些年，應該已經知道掌櫃的一些家底。可馬忠只知道掌櫃姓王，單名一個峰字，好像很喜歡梅花的樣子。不僅櫃檯牆上畫有一枝枝的梅花，每當晚冬早春時節，也會在櫃檯上擺著幾朵梅花，其他時節也不見他擺甚麼花。馬忠有次問掌櫃，是不是對梅花情有獨鍾？掌櫃笑笑說，梅花好看。馬忠一臉狐疑，菊花就不好看嗎？

平時，王掌櫃總待在櫃檯後，見到熟客入門，便笑容可掬地上前迎接。結帳時，肥手指撥著算盤的珠子，嘴裡嘀咕著三下五去二、四退一還六之類的口訣。馬忠聽不懂，也不會算術，總覺得掌櫃很厲害，尤其是他的手指肥厚，撥著算盤珠子竟然輕盈快速，一下子就算了出來。掌櫃身後的牆壁上，掛著一個長一丈，上下高約五呎的木算盤，算盤的珠子約有鴿蛋那麼大。木算盤左右有一幅對聯，上聯寫著「和氣生財迎春風」，下聯是「童叟無欺樂融融」，橫批為「近悅遠來」。斗大的金色行書字體，與掌櫃略為肥胖的身材倒是不怎麼相配。不過掌櫃整天笑嘻嘻的，確實是樂融融。

君悅客棧遠近馳名，可有一項規矩，頗讓武林人士心裡不舒服。客棧規定，凡跨過客棧大門，一律不得攜帶各式兵器，須將隨身兵器放置於兵器架上，客棧派有人專門看管。客人出客棧時，一一核對，歸還原兵器。訂這項規定有其原因：多年前，武林人士來來往往，杯觥交錯，豪邁狂飲之際，難免發生些口角。輕者，相勸之下，平息無事。重者，拔出兵器互相較量，彼此結下深仇。客棧為避免宴飲之樂演變成刀光劍影之仇，因此訂下規定。眾人也覺得此項規定立意良善，大多遵從配合。少數不願交出兵器者，自是無法踏入客棧大門。曾有拳師戲謔說，咱家拳頭為咱家的兵器，你說該咋辦？王掌櫃不慍不火道：「那就剁下來放在架子上，等您結完帳後，再給您接上，您說可好？」嚇得拳師不敢再胡言亂語。

多少年來，君悅客棧迎送江湖人士不知凡幾。每當兵器架上擺滿各式兵器，引得販夫走卒側目相看，瞠目結舌時，君悅客棧簡直就是個小武林。江湖有江湖的傳奇，武林有武林的故事，而君悅客棧既有傳奇，也有故事。

二、武術大會

馬忠想不太起來本府各大武館和門派，在君悅客棧首次聚會的確切日期，只記得似乎是四、五年前的中秋過後。

那時正逢秋高氣爽，河南八府一州的武館教頭和門派掌門人坐滿客棧膳房，七嘴八舌說著一件事：河南習武風氣鼎盛，武館門派林立，但一般人提到武術修為，只推崇少林武當，不知還有其他。再者各家門館皆視自家拳法為不外傳之秘笈，有時還揚己抑他，致生齟齬，對武術之廣傳發展甚為不利。數位望眾武林的前輩以為，武術界應開誠布公交流，互相切磋武藝，乃有舉辦武術大會之議。

馬忠記得出面邀集大夥舉行聚會的，是周家拳館的周如虎老爺子。周老爺子髮鬚皆白，聲如洪鐘，浸淫長拳多年，在武術界可說是一位德高望重的老前輩。在周老爺子的主持下，大夥同意本地的武館與門派組成一個武術聯盟，每兩年舉辦武術大會，一來彼此切磋武藝，二來可打響名號，不敢說超越少林，勝過武當，至少讓外人知曉河南武術。只是如何比武，大夥莫衷一是。周老爺子本想由八府一州各推出一家代表來討論，但因各府州的武館門派數分布不均，又無前規可循，以致無法馬上產出代表。首次聚會就只留下各府州自行商議一行字，便草草收場。不過，周老爺子還是覺得滿意，畢竟先前的武術界有如一盤散沙，誰也不管誰，誰也不讓誰。這次聚會算是頭一遭，讓各家武館門派明白河南武術界的究竟。

馬忠聽聞那一次聚會後，八府一州中，歸德、開封、南陽和汝州四地曾有武林前輩出面，邀集當地教頭們商議武術聯盟和武術大會一事。除了開封和歸德兩府有些結果外，其他各府州還是無法商量出個事來。眼見再拖下去，武術聯盟和武術大會將伊於胡底，周老爺子提議先由開封府和歸德府組成武術聯盟，舉辦武術大會，再慢慢擴及其他府州。周老爺子的提議獲得兩府多數武館和門派的支持，於是才有了第二次的聚會。

馬忠倒是清清楚楚記得第二次聚會的日子，那天是正月十六，上元節的後一日。馬忠之所以記得清楚，是因為那天恰巧是王掌櫃做壽的日子。為做足王掌櫃的面子，兩府的教頭們商議一年後，在許州城外馬張村潁水旁，舉行首次的武術大會。

大夥訂下的比武規定很簡單，以拈鬮決定對手。一方在半炷香時間內打敗另一方，或對手叫降者，勝者進入下一回。每回之間間隔半個時辰，如此直到最後一位勝者產生。眾人為了搏個響亮名頭，將最後一位勝者稱為武狀元，敗給武狀元的為武榜眼，敗給武狀元和武榜眼的為武探花。

在座的兩府教頭們咸認為此比武規定可行，但心思較為細膩者以為，也應該對參與比武的人選訂下些規矩，總不能連想闖出個名號的外地人，也來比武摻和。大夥一聽，頻頻點頭。於是又立下參賽者的規定。兩府武館和門派每家只能推兩人參加，且在該武館或門派學武一年以上。大夥認為這個規定不錯，各個暗忖，回去得好好培植人手，爭取武狀元的封號。

訂完了下場比武的規定後，忠道武館劉教頭提出一個大夥還沒想到的問題，比武究竟要比些甚麼？

直腸子的永春武館古鄂以為，比武就是兩個人打一場，這有甚麼好討論的。平時素與永春武館不睦的白鶴門門主吳三德道：「照這麼說，一些旁門左道，像是灑毒粉的、下蠱的，都可以參加比賽？」古鄂聽了，憤憤道：「我又不是這個意思。」吳三德馬上接話道：「那您老是甚麼意思？」這句挑釁的話語一出，古鄂緊握拳頭，豁然站起，怒眼瞪著吳三德。吳三德卻慢悠悠地喝著茶。

周老爺子眼見兩人似將爆發衝突，趕忙道：「兩位教頭說的都對。」眾人不解地看向周老爺子。周老爺子道：「古教頭，您請先坐下，聽老朽一言。比武自然是下場切磋切磋，不過咱們總得有些規矩，比如拳腳對拳腳，兵器對兵器，不得使用旁門左道的伎倆，全憑手上功夫見真章。」眾人一聽，覺得有道理，紛紛稱是。

周老爺子續道：「比武只是互相切磋武藝，不是爭個你死我活，點到為止即可。但拳腳兵器相向，難保沒啥意外，若帶來點傷，也是難以避免之事。這樣吧，若是蓄意傷人者，判定失格，不得參與比武，且得賠償醫藥金。大夥意下如何？」大夥都說好，有人說還是周老爺子細心。

楊家武館楊教頭起身，道：「周老爺子說得有理，但刀劍不長眼，如何斷定蓄意？且這醫藥金又該如何定價？俺們總得說個明白，萬一事情發生，也好依規定處理。」大夥一聽這言語，雖覺得頗有道理，但如何定呢？

周老爺子道：「這樣吧，明年的武術大會咱們先來比白打，兵器對壘需從長計議，日後再說。如果在座各位信得過老朽，那麼老朽推舉開封府如意門陳濟和歸德府全德武館鐵教頭，與老朽等三人，共同商議明年的武術大會一事，如何？」今日參與聚會的都是兩府的武術界教頭或門主，素來熱中習武，平日最不喜歡的就是處理煩雜之事，尤其討厭文人那一套繁文縟節。聽了周老爺子的提議後，暗忖比武雜事有人管著，不會落在自己肩上，於是紛紛鼓掌叫好。

武術聯盟和武術大會兩事既已定，眾人在君悅客棧豪爽對飲，划酒拳吆喝之聲不絕於耳。馬忠裡裡外外異常忙碌，端酒送菜，忙得腰挺不起來。王掌櫃逐桌敬酒，喝得是滿臉通紅。兩府的武術大會堪稱是近年來武林盛事，各家武館門派能合力促成此事，人人自覺與有榮焉。

逝者如斯夫，不捨晝夜，轉眼間，比武日期將近。周老爺子、陳濟和鐵教頭三人在春節過後不久，便到君悅客棧籌備武術大會一事。依照先前規劃，比武只有以拳頭對壘，亦即手搏之戰的白打組。

至於比武時蓄意傷人與醫葯金一事，鐵教頭以為，習武者技不如人，若因此而受傷，怨不得天，也尤不得人。但若蓄意傷人者，如毀人雙眼、斷人手腳，或者封喉撩陰諸項，皆不能容。所屬武館門派必負重責。於是三人訂下各項不得傷人肢體部位的詳細規定，以及所屬武館該賠的醫葯金。

各家欲參加比武者，須於正月十六日辰時，將寫上武館名字與比武者姓氏的紙片，投入籤筒內。周老爺子、陳濟和鐵教頭於巳時以拈鬮決定兩兩對陣之人。比武於未時正式開始，預計最遲於二日內結束。

比武當日，馬張村穎水旁擠得人山人海，大出周老爺子等人所料。不僅兩府武館和門派幾乎到齊，連山西、山東、湖廣、廣東等地的武館也都有人來，獨不見少林和武當人士。為招待遠道而來的同行貴賓，周老爺子等三人將自家武館的所有人手全部派出當接待。君悅客棧為此次比武大會，特地在穎水旁，架起數個大爐灶，支起數個大帳棚，擺上數十張長桌，提供飲食。

辰時到，一位鐵教頭武館學徒阿生充當更夫，在會場內，敲著竹梆子，提醒想參加比武的各家武館門派，須將名字紙片投入籤筒。

巳時到，在周老爺子的見證下，陳濟和鐵教頭從白打組一一拈出鬮來，再把名字填入第一回的對組內。對壘名單一出，特地跑來看熱鬧的外行人沒啥感覺，看上去不過就是兩個並列的名字。內行人可就不同了，紛紛指著武館或是門派名號，開始談論起來。

有人故作倚老賣老狀，對著旁人道：「這八卦掌對上心意六合拳，有看頭，八卦掌游身八方位，前掌似龍，後掌如虎，變化莫測。心意六合拳集龍虎鷹鷂熊雞馬燕蛇猴十形拳，內三合外三合，拳到人倒，腿去人飛。難啊，難啊！」旁人問：「甚麼難？」那人摸摸鬍鬚，溫吞道：「難分輸贏。」旁人心想這不是廢話嗎，拉拉喳喳說了半天，還沒開打，當然難分輸贏，這還要你來說？

湊熱鬧的人當中有個趙老六，平日素愛逞口舌之能，總是吹嘘他家的趙家拳法有多厲害。趙老六是學過些武藝的。小時候，他爹趙甲經常耳提面命對他說道：「咱趙家的長拳，可是厲害呀，排在一十八家長拳之首不說，還是大江南北共有的拳法。北派太祖長拳三十二勢，南派名為太祖神拳三十六勢。不論是長拳，還是神拳，都是咱爺趙匡胤所創。咱姓趙，可不能給咱爺丟臉啊。」趙老六聽這話後，立志要為趙家長拳發光，練習時咬緊牙根，老記著不能給咱爺丟臉。只是趙老六生性懶散，受不了練功之苦，練時既不用心，出拳也不用勁，老喜摸趟子。對於長拳的各勢，倒是很喜歡，總擺出應有的架式，瞧在外行人眼中，像是煞有介事一般。

趙老六指著名列第一回的比武者名字說，這家擅長十二短，那家是通臂拳，誰誰家是八步螳螂拳，哪家又是霸王七路拳等等。旁人聽他口若懸河般將各家拳法說出，莫不投以尊敬的眼光。唯獨一個戴著寬大斗笠，臉蓄落腮鬍的大漢道：「還不都是些花拳。」趙老六聽大漢譏諷兩府武館的拳術，怒眼瞪向他，道：「既然這些在閣下眼中都是些花拳，也請閣下報個名號出來，好讓吾等驚嚇一下。」大漢道：「就憑你也想知道我家的名號？嚇著了你，咱可惹不起你家爺爺啊。」趙老六聽到這話更氣，擺明指著禿驢罵和尚。他雖與宋太祖趙匡胤無涉，都過了好幾百年了，可他一向以姓趙為榮，畢竟百家姓中，出過皇帝的姓氏也沒多少啊。正想與他理論時，會場傳來噹噹噹鑼聲，比武快要開始了。趙老六憤憤道：「若不是比武即將開始，老子會教你瞧瞧甚麼是真功夫。」大漢嘴角一揚，暗忖還想當我老子，右腳向前一擱，渾沒注意的趙老六，腳一絆，差點跌個狗吃屎。等站穩後，轉過身，大聲嚷嚷：「誰幹的？」身旁眾人都急著要去佔個好位子，看武術比賽，沒人有空回他話，連那個大漢也不見蹤影。趙老六嘴裡罵罵咧咧，趕去比武場。

會場裡，鑼鼓喧天，周老爺子躍上擂台，開口說了幾句寒暄客套話後，兩府的四家武館分別上場，打了兩套拳、一套刀法和一套槍法。圍觀群眾見到武師們手法好看、刀法花俏、槍法繁複莫不拍掌叫好，直喊真是精采。

馬忠站在上頭飄揚著君悅客棧大旗的竿子下，看著群眾把左右兩邊的比武擂台圍個水洩不通。不時傳出轟然叫好聲，也有哎呀嘆息聲。馬忠自言自語道：「咱是不會武藝，要不然也下去比劃比劃，爭個響名頭，好揚名立萬，也不用在這裡端茶送碗，偶爾還得受人的氣。」馬忠想像自己是個武藝超群的大俠，仗劍走江湖，見義勇為，所到之處，惡人皆除，被救的黎民百姓感謝聲綿延不絕。

「喂，店小二，你發甚麼呆呢？」這聲響頓時打碎馬忠的大俠夢，把他拉回眼前的君悅客棧帳篷。有人說，來碗臊子麵，另有人說來兩個饃加碗胡辣湯。馬忠回道：「好的，您們先找位子坐，臊子麵、胡辣湯稍會就來。

阿順，來碗臊子胡辣唷。」原來上午的比武，大部分都已分出勝負，群眾陸陸續續來到君悅客棧帳篷。

眾人一落座，等馬忠端來麵食之前，紛紛就方才所見，各抒己意。那孫三對李四道：「哎呀，咱在白打壹組看著，那個甚麼門的，一上場架式十足，一開打喊聲震天，好似要以少林獅吼功震退對手似的。可卻沒想到，三兩下就被對方打得昏頭轉向，連從哪邊下台都不曉得，真是沒啥意思。」

李四道：「我看的那一組白打叁組才絕呢！一開打，不過三、四招，乙方就捧著肚子說肚疼，想出恭。甲方也沒辦法，總不能要人家強忍著，然後打個屎滾尿流吧。可沒想到，那喊肚疼的乙方一去不回。大夥等了半天，也過了半炷香時間，沒見他回來，待在擂台上的甲方就這樣只出三、五拳，贏了第一回合。早知會有如此情形，咱也去報個名，至少贏個第一回合，回去好炫耀一番。」

坐在對面的周五道：「憑你這架勢也想報名，萬一遇上白打伍組的尚武門李虎，光看身材，就比你高出半個身子。不過說真格的，真的不能以貌取人。那李虎長的虎背熊腰，壯得跟圓通寺大殿前的柱子似的。他的對手劉見又瘦又矮，打一套三十六合鎖功。李虎出拳虎虎有風，腿力強勁。可那三十六合鎖功，合者黏也，鎖者捆也，將李虎又黏又捆，既出不了拳，也踢不了腿，氣得那李虎滿臉通紅，大聲嚷嚷不比了。可見遇上了不對路的對手，可真是有志難伸啊。」

周五旁邊的吳六道：「瞧你說的跟真的似的。我看的那一組有個衛二娘，虞城來的，她爹是大名鼎鼎的八步螳螂拳衛清堂。這衛二娘一站上比武台，台下就有登徒子狎笑道，唉呦，這姑娘家不在家裡繡衣，跑來這裡拋頭露面，也不害臊。跟姑娘家比武最是不公啦，臉蛋不能摸，前胸不可抓，屁股不能踢，這撩陰，這撩陰⋯⋯。話還沒說完，突然眼前閃過一人，就聽到啪啪兩聲。眾人還沒弄明白咋回事時，只見那登徒子雙手捂著臉，叫道我的齒！我的齒！誰打我？誰打我？旁人也沒理他，嘴貧啊。站在台上的衛二娘瞪著他說，還不快滾，討打嗎？登徒子悻悻然走開，嘴裡還不乾不淨地說，撞在我手上，叫妳仙仙欲死之類的。衛二娘聽到這話，像旋風一般，一個箭步，立馬躍到他身後，伸腿一踹，登徒子跌個狗吃屎，又掉了好幾顆牙齒，大夥一笑，現下成了無齒之徒啊。」

「那衛二娘也真是了得，別看她一介女流，打起八步螳螂拳，直有乃父之風。她的對手是太康通臂拳好手盧長泰，兩人較量起來平分秋色，勢均力敵。不過，最後還是衛二娘略勝一籌，原因很簡單：青出於藍勝於藍嘛！」

李四問：「青出於藍勝於藍，此話何意？」

吳六有點神氣地反問：「你們都不知道？」眾人搖搖頭。

吳六清清喉嚨，道：「這八步螳螂拳是由山東的通臂拳、八卦拳和螳螂拳三位師父所創，結合了三拳的拳勢精華，再加上三人的巧思。你們想啊，八步螳螂拳出自三種拳法，豈有不知三拳法的拳路。拳路既被摸清，戰久了，要想立於不敗之地，也難。所以我才說青出於藍勝於藍。」眾人恍然大悟，異口同聲道，受教了。

這時趙老六走了過來，看這桌言語似利劍般往來，也想來湊個熱鬧，跟李四歪歪嘴，要他挪出個位子來。李四見是趙老六，心想這傢伙只會耍嘴皮子，這回看他能掰些甚麼，於是屁股向旁邊移了一下。

趙老六人還沒坐下，嘴巴倒先開口說：「今兒個比武，真是讓人眼花撩亂啊！」

周五問：「怎麼說？」

趙老六道：「你想啊，咱們每個人就只有兩隻手和兩條腿，怎麼就打出那麼多不同的拳法和腿法。你說那形意拳依據家禽野獸的型態也就罷了，可有人見過龍嗎，不然怎會有龍形拳？這事真怪，莫非是夢中有奇人指點？還有那醉拳，喝醉了，不就東倒西歪，怎能打拳？還是太祖長拳好，配合人體四肢，拳拳實在，步步踏實。」

孫三問：「既然太祖長拳赫赫有名，為何不見您也下場比試呢？」

趙老六道：「不是咱不比，是咱爹阻止咱參加比試，免得誤傷對手。咱家也不算富有，那醫葯金肯定是掏不出來的。」

周五道：「哦，您是為了怕傷人，所以才不參加比試的？」

趙老六道：「是，雖說擂台上拳頭不長眼睛，傷了人也傷了和氣，所以咱讓賢。」

周五道：「讓賢？那咱們還得代諸位比武者向您道聲謝，因您未參加比試，故大伙得以安全下擂台，是吧？」

趙老六道：「正是。咱家爺爺的太祖長拳打來可不是一般。」

吳六問：「你家爺爺是？」

趙老六道：「咱叫趙老六，咱爺爺是宋太祖趙匡胤啊，你們不知道嗎？」

吳六笑道：「是啊，我還真不知道。照你這麼說，吳起是我祖父咧。」

周五道：「那周公就是我曾曾祖父啊！」眾人哈大笑，趙老六也不以為意。

趙老六續道：「還好今日無兵器組比試，你們想啊，以兵器比武真的是凶險，白打組最多是烏青瘀血，兵器組的劃個傷口還算事小。力氣大了，不是斷手斷腳，就是送命。對方用拳頭，打個白蛇吐信，被打中了，頂多疼痛難當。要是以劍來個白蛇吐信，或是以槍，使個中平槍，搞不好肚子被捅出個窟窿來。還好這次比武只訂白打，也訂了醫葯金賠償。若發生事故，也好給傷者一些慰藉。比武不過就是互相切磋，套套招，過過場，擺擺架式，也就罷了。」

周五插話道：「這位趙兄啊，人道外行看熱鬧，內行看門道。套招擺架式，那是給外行人看的。真到臨敵接戰時，對方還跟你套招嗎？架式越是好看，越是沒個頂用，越會套招，越不會變招。您們想想，兩軍對壘，比的是誰的架式好看嗎？」

孫三道：「咱當然知道，架式好看是一回事，能不能打又是另一回事。可這比武，不就是大夥湊湊熱鬧嘛。練功夫練了半天，三拳兩腿就分出輸贏，有啥意思呢？更何況，兩軍對壘，這人馬一衝，功夫再好有個鳥用。」

趙老六道：「話也不能這麼說，練功夫又不是行軍打仗。想當初咱爺爺趙太祖傳下長拳，原本是為士卒們強健體魄用的，好經得起沙場上的搏命。可一路發展下來，演變出各種拳法招式，再加上師父領進門，修行在個人，才有如今繁花錦簇的局面。」

周五道：「繁花錦簇是好看，倘若打起拳來也是繁花錦簇，只能說中看，也不知中不中用。」

吳七道：「周五啊，你的燴麵都糊成一團了，趕緊吃吧，待會還要看比武呢。」

坐在旁桌，蓄著滿臉落腮鬍的漢子自言自語道：「花拳。」

噹噹噹鑼聲又響起，下午場的比武開始了。

帳篷內的客人差不多已走個精光，馬忠看看只剩兩三人，兀自吃著麵，索性自己也坐下來歇歇腿。阿順端兩碗臊子麵、胡辣湯和一盤開陽白菜過來，兩人邊吃邊聊。

阿順先開口問：「馬叔，這麼盛大的比武，你曾見過嗎？」

馬忠道：「沒有，這應該是頭一遭吧？以前比武，通常是外地武師前來本地，向武館教頭討教，美其名為互相切磋，其實也就是比個高下。不過大家點到為止，客客氣氣的，彼此之間既無恩怨，也無須讓人下不了台，只是研討武技而已。贏的人一聲承讓，輸的人一句佩服，這比武之事也就算過了。但就有那麼兩三次，外地輸的人硬是不服氣，嚷嚷要再比試一場。

本地的教頭各有各的生計，哪能三天兩頭應付外來的拳師挑戰。有的教頭輕聲婉拒，有的直接關門送客。心有不甘的外地人便跑到客棧，借酒澆愁。哪知這愁不澆便罷，一澆是愁上加愁，直喝到發酒瘋。王掌櫃好言相勸，也不理不睬。客棧的規矩是，借酒鬧事的，一律上報衙門，由捕快抓進牢房，關上一日一夜。隔日繳了罰金後，放人。沒銀兩可繳的，服苦勞役折抵。

有一次，人是放了出來。可那人還是想不開，跑到城外西郊南頭村，找棵大樹上吊，留下某某武館欺我的遺言。那人的家裡一看到遺言，帶了恐怕有十多人到武館討個說法。武館教頭說破了嘴，那家裡人硬是要武館一命抵一命。還好後來王掌櫃好言相勸，連衙門捕快也都出面了，那家人才打消念頭，也算明理。王掌櫃看他們遠道而來，請了他們一頓，算是補償一下吧。」

阿順道：「不過就比個武，輸了就輸了，有嚴重到要上吊？咱們的掌櫃真是個好人。」

馬忠道：「也不知道練武的人，心裡是咋想的。還好咱們河南武術界一向相安無事，就算有啥摩擦，一些資深老前輩，如周老爺子、衛清堂、陳濟等出面撮合撮合，總能大事化小，小事化無。希望這次的比武大會不會出現啥枝節才好。」馬忠伸長脖子，瞧瞧比武會場，對阿順道：「今日比武已近尾聲，圍觀看比武的人群也少了，咱們收拾收拾，就回客棧去。」

比武大會從早比到晚，最後只剩永春武館、陳家太極拳、形意門和衛家武術館。內行人一看這最後四家，不禁為河南的武術界發起愁來。雖說這四家已在河南開基立業，但只有陳家太極拳乃發源於河南開封府陳家溝，永春來自南方，形意拳來自山西，衛家的八步螳螂拳源自山東。武術本無分東南西北，惟截人之長補己之短耳。只是畛域之見仍在，心中不免有些遺憾。

由於已接近日入時分，大夥商議後，決定最後的四家比武訂於明日巳時開始，最後一回於申時舉行。大會宣布明日賽程後，眾人陸續散去。周老爺子請陳濟和鐵教頭一同到君悅客棧商議明日之事。

三人落座後，周老爺子也請王掌櫃入座，提供點意見。王掌櫃直稱不敢，說他只是個生意人，能為大會提供麵食，已屬榮幸，況且他也不熟武藝之事，無法提出高見。三人見王掌櫃推辭，也不勉強。

周老爺子道：「今日比武，可有人對比武一事提出異議？」

陳濟道：「不見有比武者提出異議，比輸的，皆心甘情願，自認技不如人，默默離場。」

周老爺子道：「無事就好，待明日比試一了，咱們可說完了一件事。今年先起個頭，讓兩府的教頭武師們互相切磋交流，總是好事一樁。」

這時一位滿臉落腮鬍，個子高大的漢子走向周老爺這桌，拱拱手問：「敢問您是周如虎，周老爺子？」

周老爺子回道：「老朽便是周如虎，不知壯漢有何貴事？來，請坐。」

漢子道：「敝姓馬名恩，山東冠縣人，咱叔馬善有一封信給您。」說完，從包袱裡拿出一封信，雙手恭敬地遞給周老爺子。

周老爺子接過信後，放入懷裡，道：「多年前，老朽任山林鏢局鏢師，曾護鏢至江西吉安府。在樂安芙蓉山附近遇見一群山匪，聲勢浩大，要來劫鏢。咱們鏢師雖奮勇抵抗，無奈人數較少，落於下風。幸虧你叔恰巧路過，仗義相救，咱們才能幸免於難，把鏢安全送達。否則個人性命事小，失鏢事大，護鏢若有個閃失，只怕從此難以在江湖上立足。」

馬恩道：「這事倒是沒聽俺叔提起。」

周老爺子道：「想必馬老師傅心胸寬廣，助人之事不放在心上。你叔近來如何？」

馬恩道：「唉，俺叔年前得了傷寒，醫藥罔治，已經作古了。」

周老爺子面露驚訝，道：「馬老師傅尚在壯年，怎會如此，真令人意外。唉，命數若如此，也由不得人。馬師傅今日來許州是為哪樁？」

馬恩道：「俺聽聞河南兩府舉行武術大會，此事武林皆知，便想過來學習學習，好增廣見聞。還有，俺叔有一堂兄弟，俺叔曾交代，要把一包包袱交給陶莊村的馬忠。」

周老爺子道：「馬忠就在此地當店小二啊，這會兒怕是還在會場收拾，還沒見他回來。」

馬恩道：「原來在比武會場的跑堂是馬忠叔啊，真是踏破鐵鞋無覓處，得來全不費工夫。俺在這裡等他便可。」

鐵教頭道：「馬師傅覺得今日比武一事如何？」

馬恩道：「咱看了數組白打組比試，恕咱直言，比武者多為花拳，不經打。」

鐵教頭道：「馬師傅的意思是，兩府武館教的是花拳繡腿？」北方習形意拳、八卦拳的武林人士常把這兩種拳法之外的其他拳術稱為花拳，諷其專走虛套，不符實用。

馬恩道：「不，不，咱的意思是今日下場比武者的招式，有些過於美觀，毋需要的身法和步法也多，簡言之，就是動作不乾淨。」

在座的如意門門主陳濟乃籌辦本次武術大會的主人之一，頗不以為然地說：「如此說來，馬師傅的查拳倒有過人之處咯？」

馬恩怎會聽不出陳濟話語中的酸味，忙道：「倒不是咱的功夫有多厲害，咱學的查拳講求出擊快速，發力強勁，務求一招便要有用。」

鐵教頭插嘴道：「一招便要有用，那麼咱學最厲害的一招即可，何必浪費時間學那拳路呢？」

馬恩道：「話不是這麼說，招術在精不在多，多了只是不務實罷了。江湖有一套鐵葉扇武功，流傳在廣東南方沿海地帶。這鐵葉扇是一把摺扇，算是短兵器。天氣熱時可搧風，遇敵時可為兵器使用。鐵葉扇全套共三十八式，重複的招式就有二十餘式。出扇的重點也不過就是對手的眼睛、咽喉、心口和腋下四、五處。只擊打四、五處，為何需要三十八式，而且還多式重複？」

鐵教頭道：「三十八式自有三十八式的道理，就如同長拳有十三勢或一百單八勢之別。不管幾招幾式，既傳了下來，便有如祖宗之法。只要一招一式熟練，勤習套路，自必有用。」

四人對話到這邊，對武功的看法不同，言語之間似乎有點火氣。周老爺子便打圓場說：「招數和招式乃是一套拳法的組成，這組成必有它的用意。套路是讓習武者練習招式的必經之路，無套路哪曉得如何出招和接招？」

馬恩接續道：「周老爺子說的是，套路是練習招式用的，如果套路變成套招，即使會了一百單八招，真的打起來，可能連一招都使不上。」

鐵教頭聽馬恩的一番言詞，越聽是越不順耳，於是對馬恩道：「這樣好了，明日比武結束後，咱和馬師傅切磋切磋，如何？」馬恩此行是來見識的，如今因嘴快，攬了一個比武上身。若婉拒會被人認為只會逞口舌之能，若接下挑戰，輸了便罷，贏了難免是強龍壓了地頭蛇，怎樣都討不了好，只怪自己話多。馬恩想想，只能接下挑戰書，道：「蒙鐵教頭抬愛，明日就和您切磋一下。」周老爺子和陳濟聞言鼓掌叫好，喊道：「掌櫃的，再來兩壺白酒。」

馬忠回客棧裡來，便見周老爺子一桌喝得興高采烈。馬恩一見馬忠回來，過去打招呼。馬恩道：「馬忠叔，這包袱是馬善叔要給您的。」馬忠道：

「馬善是咱表兄，他最近好麼，好久沒見到他了。」馬恩道：「馬善叔已經作古了，年前走的。」馬忠道：「甚麼？怎會如此？聽說他的功夫可好，身體相當硬朗。」馬恩道：「因得了傷寒，醫藥無治。」馬忠道：「唉。賢侄今晚就住這裡吧，後房可讓你安歇。」馬恩道：「好，謝謝忠叔。」馬恩回去和周老爺子等人繼續閒聊。

戌牌時分，馬忠關了店門，忙了一整天，梳洗後便上床躺下。突然想起表兄馬善給他一個包袱，起身，拿過包袱，坐在床上，解開。包袱裡頭有一件單衣，裹著兩張地圖和一封信。馬忠認識不了幾個大字，想明天一早請掌櫃幫他讀一下信的內容。馬忠把包袱收拾好，頭一沾枕，沉沉睡去。

如同昨日，今日馬張村穎水旁，依舊是人聲鼎沸。巳時到，陳濟從籤筒中拈出最後四位對壘名單，永春武館對上形意門，陳家太極拳對上衛家武術館。永春武館的永春拳超脫出形意，講求攻守自然反應，形意門的形意拳取動物的進攻技巧，不求形但求意，注重近打快攻。近打快攻這四個字恰恰是這兩種拳法所看重的，只見擂台上兩人拳、肘、膝、腳，互相貼近並用，擂台下的圍觀群眾見兩人快速出拳起腳，看得目瞪口呆。另一擂台上，太極拳對上八步螳螂拳。一方似水流轉身形如意，一方身似螳螂勇猛快速，尤其衛二娘打出的螳螂身手煞是好看，圍觀群眾紛紛叫好。

正當所有目光都注視著兩個擂台上的比武者時，十餘名勁裝漢子悄悄靠近比武會場。首先看到他們的是倚在欄杆下的馬忠，馬忠一見這群人的裝扮，料定準會有甚麼事要發生。只見當中一名漢子指著永春和形意門擂台北側的一群人，嘴裡不知說著甚麼。馬忠順著漢子手指的方向望過去，只見到烏鴉鴉的一群人，也不知漢子究竟指誰。漢子旁邊那位留著落腮鬍的男子低聲說了幾句，漢子便向後傳話，後面眾人隨即三人一伍散開，慢慢圍住擂台北側。馬忠看這情景，馬上跑去告知周老爺子。

站在擂台北側的馬恩正目不轉睛地看著永春與形意的快速交手，心中揣摩查拳的應對招式。兩人打了百多招後，永春的陳子豪以一記攤打正腳踢倒形意拳魏陽，陳子豪馬上喊一聲承讓，此時被踢到在地的魏陽本想起身再戰，聽到那一聲承讓，只好回一聲佩服，算是甘拜下風。只是心裡不太服氣，那聲承讓也來得早了些。比賽勝負已出，圍觀群眾馬上轉往太極與螳螂之戰。

馬恩正起步跟著過去時，見到三名勁裝男子向他走來，六隻眼睛盯著他，似乎不懷好意。這時候背後傳來一句話：「馬師傅，可否借一步說話？」馬恩轉頭一看，一位不認識的落腮鬍男子正對著他說。馬恩問：「請教貴姓大名，你我可曾相識？」男子道：「俺的名字你不用知道，你也不識俺。俺想問你一句，你叔馬善有個小包袱，那包袱現在何處？」馬恩道：「包袱？甚麼包袱？」男子道：「你不用跟俺裝蒜，馬善生前有一個小包袱，他交給了你。包袱裡裝有俺的東西，你最好是乖乖交出來，不要讓俺們在這裡動手，場面不好看。」馬恩道：「俺不知你在說些甚麼。」男子一聲令下，「不知好歹的傢伙，動手。」十餘名漢子將馬恩團團圍住。

正當雙方要打起來時，周老爺子高喊一聲，「住手」，隨即和鐵教頭與陳濟走入包圍圈。周老爺子對為首的男子拱拱手，道：「敢問閣下貴姓大名？此時此地正舉行開封歸德兩府的武術大會，閣下欲在此大動干戈，是想將禮數拋在一邊？」

落腮鬍男子回道：「俺們跟馬恩之間純屬私事，與貴府的大事無關。俺已追蹤馬恩好多日，今日終於尋到他，不把事情做一了結，俺們是不會罷手的。」

周老爺子道：「閣下與馬恩之事，外人本不應插手，但馬師傅是俺大會的貴客，無論你們之間的糾紛如何，大會容不得爾等在此撒野。」

落腮鬍男子道：「看來今日避免不了一場血腥之災。馬恩，只要你說出包袱在哪，俺立即退去。或者你是想躲在大會的庇護下，做個龜孫子。」

馬恩聽到龜孫子這三個字，頓時心中升起一把怒火，雙手握拳，往落腮鬍男子的臉打去。男子一見馬恩出拳，也擺出攻守對應招式，兩人遂在擂台北側打了起來。兩名與落腮鬍男子一同前來的漢子也加入戰團，形成三打一的局面。馬恩的功夫甚是了得，一套查拳與對方三人打個旗鼓相當。陳濟和鐵教頭見對方以多打一，出拳相助馬恩，形成三對三的對決局面。

六人三對的對決引發比武會場的一陣騷動，本來圍觀太極螳螂之戰的群眾慢慢靠了過來，連台上對疊的陳興和衛二娘也停下了比武，站在台上，望向這邊。

眼見武術大會被一件不相干的事攪亂，外地來的一幫人在此撒野，周老爺子大吼一聲，「通通給我住手」，隨即以快速身手，逐一架開對打的六人。周老爺子對落腮鬍男子道：「今日無論爾等和馬恩有何恩怨，都不得在此動手，否則爾等必與兩府武術界為敵。」說完這句話，參加武術大會的各家教頭門主紛紛靠了過來，將一眾勁裝漢子團團圍住。落腮鬍男子見情勢頗為不利，也不願橫生枝節，道：「今日打擾貴府的武術大會，實在過意不去。只是馬善的包袱對俺極為重要，只要馬恩把包袱交出，俺便離去。」

周老爺子對馬恩道：「馬師傅，馬善師傅可曾交給你包袱？」

馬恩道：「俺叔生前交給俺一封信和一個包袱，昨天在客棧，信已經交給您，包袱給了馬忠。」

落腮鬍男子道：「馬忠？馬忠是何人，現在何處？」這兩個問題把眾人的眼光帶向站在君悅客棧帳篷外的馬忠。馬忠看到眾人一起望向他，心裡起了一陣狐疑，和越來越濃的不安。

落腮鬍男子快速奔向馬忠，勁裝漢子和周老爺子等人也跑向帳篷。落腮鬍男子問馬忠：「包袱在哪？」

馬忠回：「包袱？甚麼包袱？」

落腮鬍男子道：「馬恩交給你的包袱。」

馬忠道：「那包袱，俺把它放客棧裡，沒帶出來。」

落腮鬍男子道：「走，現在回去拿。」

馬忠道：「現在？」

落腮鬍男子道：「是。」

馬忠正在猶豫時，周老爺子對馬忠說：「馬忠，老朽與你同去，不用擔心。」馬忠領著勁裝漢子一行人，以及周老爺子、鐵教頭、馬恩、武館門徒和一干想看熱鬧的閒雜人等回到君悅客棧。臨走前，周老爺子交代陳濟，比武之事照常舉行。太極與螳螂對陣的擂台上，陳興和衛二娘重新來過。

馬忠一行人回到客棧後，依規定，隨身兵器都要放在入門處的兵器架上。初始落腮鬍男子不願交出兵器，在王掌櫃的要求下，才不情願地把兵器交出來。眾人分批入座，馬忠去後房把包袱拿了出來。落腮鬍男子一見到包袱，便要過來拿。王掌櫃道：「且慢！這包袱乃是馬善要給馬忠的，閣下與這包袱有何干係，為何要交給閣下？」

落腮鬍男子道：「這事說來話長，包袱裡有兩張地圖，俺只要那兩張地圖，其餘的俺也不要。」

王掌櫃取過包袱，打開，見裡頭果真有件單衣裹著兩張地圖和一封信。馬忠道：「掌櫃的，俺昨日拿到這包袱，不知俺表兄為何會把包袱給俺。包袱裡頭有一封信，俺大字沒識得幾個，本想今日請您看一下。不料今早一忙，就把這事給忘了。您說俺這記性也真不濟。」

王掌櫃把信打開，仔細讀了一下，眉頭深鎖似在沉思。落腮鬍男子不耐煩，催促道：「掌櫃的，勞駕您把地圖拿過來。」王掌櫃道：「這包袱不能給閣下。」男子怒道：「為何？這是俺的東西，為何不能給俺？掌櫃的，您別不知好歹。」

氣氛僵持之際，馬恩對周老爺子說：「周老爺子，俺叔也寫給您一封信，您也瞧瞧，信中所寫是否與此事有關。」周老爺子一聽這話，忙道：「對，怎把這封信給忘了。」連忙從懷裡拿出信來，瞧了一下，道：「這包袱不能給閣下。」

落腮鬍男子聽到這裡，已經按耐不下怒氣，一聲令下，「動手」。十餘名勁裝漢子，有的出拳搶包袱，有的奔去兵器架上取刀棒。雙方在君悅客棧膳房打了起來。

在場唯一不會武功的馬忠，見到膳房內一陣混打，趕忙躲去牆角，看著王掌櫃、周老爺子、鐵教頭和馬恩聯手應付勁裝漢子。周老爺子和鐵教頭的徒弟們本在客棧外等候，一見到裡頭打了起來，便衝進來協助。馬忠沒想到王掌櫃竟會武功，而且身手相當敏捷。讓他更驚訝的是，在廚房的劉滔聽到鬥毆聲後，也拿著鍋杓出來協助。

落腮鬍男子見對方人多勢眾，己方今日已無望拿回地圖，大聲喊：「停手，別打了。」混戰的兩方逐漸收手，聚攏。

落腮鬍男子對王掌櫃道：「咱今日是無望取回地圖了，但這事不會就此結束。只要地圖還在，日後必定會有更大的干戈。掌櫃的，您說該咋辦？」

王掌櫃道：「俺們也不會想要地圖，唯一之計就只有上交開封府。」

落腮鬍男子道：「不，不可交給開封府。地圖一旦交給開封府，會有多少人頭落地，您知道嗎？」

周老爺子道：「這地圖，俺們不想要，也不能給閣下，爾等也不希望交給開封府。不如俺把它給毀了，如何？」

落腮鬍男子臉色遲疑，道：「毀了？」

王掌櫃道：「好主意。」

落腮鬍男子思索片刻，道：「想來別無他法，只得如此，只是地圖毀了，俺等無法回去覆命，只得淪落天涯。」

王掌櫃道：「江湖之大，何處不能容身？只要功夫在身，天無絕人之路。」只見王掌櫃拿起兩張地圖，擠成一團，放在雙掌中揉搓。一會兒功夫，兩張地圖碎成千萬張紙片，難以辨認，也無法再拼湊。王掌櫃露這一手功夫，讓在場各家好漢驚訝不已。

落腮鬍男子向王掌櫃和周老爺子拱拱手，道：「罷了，後會有期，咱們走。」勁裝漢子相互扶持，出了客棧門，往北而去。

馬忠看膳房內半數桌椅盡被打壞，不禁搖搖頭，趕緊動手收拾善後。王掌櫃對周老爺子道：「周老爺子，地圖之事到此即可，也不必對外人說。」周老爺子一聽就明白，道：「那是自然。王掌櫃，老朽還得回比武會場哩，不知哪家得了武狀元？」

周老爺子前腳剛邁出客棧門口，見武館徒弟阿生往客棧跑來，邊跑邊敲鑼喊道：「首屆武狀元誕生嘍，首屆武狀元誕生嘍！」待阿生跑到客棧，周老爺子問：「何人得武狀元名號？」阿生上氣不接下氣地回：「衛二娘。」

傍晚時分，參加武術大會的武館門派等人，齊聚在君悅客棧膳房。馬忠手腳相當俐落，已經把上午的一片混亂整理乾淨。周老爺子坐在首座，陳濟和鐵教頭坐在他兩旁，其餘坐滿整個膳房。

周老爺子感謝兩府武館和門派的相助，武術大會才得順利完成，並比試出武狀元衛二娘，武榜眼陳子豪，武探花魏陽和陳興。周老爺子叮囑兩年後會再舉行武術大會，至盼各家武館門派能好好研習武藝，為河南武術界爭個光彩。眾人舉杯齊賀武術大會圓滿完成，這一夜，大夥喝的是賓主盡歡。

戊牌時分，馬忠照例關了客棧門，看掌櫃還待在櫃檯後，便問：「王掌櫃，這麼晚了，您還不歇息去？」

王掌櫃道：「馬忠，俺知道你想問些甚麼，有些事你最好不要知道，連問都不要問。事情已過，莫再提起，免得心有罣礙。」

馬忠笑笑道：「曉得，俺歇息去。」

子時時分，圓滿如盤的滿月懸掛在窗外，月光透過窗紙，照印在床褥上。王掌櫃翻來覆去，一直無法入眠。索性起身，坐在床沿，腦海中轉念著那兩張地圖。一張是明軍邊軍布陣圖，另一張是宣府、大同和太原三處邊防重鎮的藏寶圖。這兩張地圖，不知馬善如何取得的，也不知為何要交給馬忠。馬善在信中只說此事關係重大，絕不能落在歹人之手。王掌櫃心想，兩張要緊的地圖，留著也是禍事，倒不如毀了，或許還能少點殺戮也說不定。王掌櫃嘆了一口氣，搖搖頭，俺還叫馬忠不要多問，免得心有罣礙。這下倒好，變成俺有罣礙。罷了，真是個多事之日。

三、施粥之恩

這日早晨，馬忠一開門，見一位少年，揹著一把木桿，坐在門前的階梯上。看這少年的衣著，似乎曾歷經一番風霜。

馬忠上前問道：「小兄弟，你這麼早坐在店門口，有啥事嗎？」

少年回道：「我要上武當拜師學藝。」上武當拜師學藝這檔事，馬忠也不知聽了多少回，可還從來就沒遇見過少年獨自上武當的。

馬忠道：「你家人知道嗎？你家住哪？」

少年道：「我叫袁保康，家住隨州，已經上路好幾日了。這位大叔，你知道去武當山的路嗎？」

馬忠道：「我知道，你用過早膳了嗎？」

袁保康道：「還沒。」

馬忠道：「先進來吃點粥，等用過早膳，再告訴你。」

馬忠領著袁保康，坐到膳房一角去。進去後邊伙房，舀了一碗阿順煮的菜粥給袁保康。看這小子吃得狼吞虎嚥的樣子，猜想可能已經餓了好幾餐，也不忙著在這時問他。馬忠看他一副意猶未盡的樣子，又拿出兩個饃，要他慢慢吃，別噎著了。袁保康喝完一碗粥，吃了一個饃，卻把另一個饃放進懷裡，似乎打算待會上路後，留待下一餐再吃。

馬忠過來坐在他身邊，問道：「你為什麼想去武當拜師學藝？」

袁保康道：「我要救我娘。」這個回答讓馬忠嚇一跳。

馬忠問：「你娘怎麼啦？」

袁保康道：「他們把我娘抓走了。」

馬忠問：「誰抓走你娘？」

袁保康道：「一群土匪。」馬中心想，本府近日未曾聽聞鬧匪患，即便隨州離許州稍遠些，可也未曾聽聞來往客人提起曾有強人打劫。

馬忠問：「小兄弟，你在路上多久了？」

袁保康道：「多久？」

袁保康也不知究竟在路上走了多久，只記得和娘走在路上，突然一群黑衣漢子出現在眼前，嘴裡說要把娘帶去山上。兩個漢子拿著白晃晃的刀，跑來拉著娘。娘一邊掙扎，一邊護著我。那兩人力氣大，娘敵不過，被他們拉走。娘一邊哭，一邊叫我快跑。娘哭，我也哭，但我沒跑，衝向那兩個拉著娘的人，想要狠狠咬他們的手。可剛要咬下去，又來了一個漢子，踹了我一腳，喊道：「你這小鬼頭，吃我一腳，看你還囉嗦些啥，走。」我被這一腳踹得在地上滾了好幾回，痛得爬不起來，眼睜睜看著娘被他們帶走。我一邊哭，一邊追。追了半天，也追不到那群人。不知在路上走了多久，餓了，蹲在路旁乞討。渴了，找野溪的溪水來喝。有一日，聽見有人說要上武當學功夫。我聽見了，也想跟他們去武當學功夫救我娘。可是跟了兩天後卻跟丟了，此後，邊走邊問，一路問到許州來。

袁保康續道：「很久了。」

馬忠道：「小兄弟，你這樣可不行。自己跑去武當，武當是不會收留來路不明的小孩子。」

袁保康道：「那要怎樣武當才會收留？」

馬忠道：「這事有點難辦。這樣好了，你用完菜粥，先在店外的階梯上候著，阿叔去找我們掌櫃的，他或許會有辦法。」

袁保康聽了後，自己走去店外，坐在屋邊的階梯上等著。這一等就是兩個時辰。王掌櫃通常在巳時會來到客棧，可今日不知怎的，都已經午時了，還不見蹤影。馬忠偶爾過來問保康要不要喝水，又拿了兩個饃給他。

合該是冥冥之中自有貴人相助，正當袁保康已經等得有點困倦時，一對年逾五十的夫婦走向君悅客棧。老婦人向袁保康瞧了一眼，覺得這少年的面容似曾相似，心裡泛起一絲漣漪。老婦人連忙拉拉身邊的老漢，也要他瞧瞧。這老漢起初並不覺那少年有何不同。待老婦在他耳邊唧咕幾句後，定睛一瞧，說：「像，仔細瞧，眉目間有點像。」

老婦人走向袁保康，問：「這位小兄弟，你坐在這裡等誰啊？」

袁保康道：「我在等裡面的大叔。」

老婦人道：「哪一位大叔？」袁保康站起來，往客棧內望去，指指正忙著端茶送菜的馬忠。

老婦人道：「喔，是他啊。你先在這裡坐著，我們幫你問去。」袁保康點點頭，坐回階梯上。

老夫婦兩人進了君悅客棧，馬忠笑嘻嘻迎上來，道：「鄭老爺、鄭夫人，兩位好久不見，近來如何？看您們二位步履輕盈，紅顏白髮，想必深諳養身之道啊！」

馬忠口中的鄭老爺，姓鄭名開城，家住開封府通許縣，曾在山東肥城開設武館，精山東長拳和雙手劍，尤其雙手劍曾享譽晉魯一帶。鄭夫人，娘家姓楊名妙華，亦是武藝高手，使得一手楊家梨花槍，也在武館傳授梨花槍法，但只傳女不傳男。鄭夫人認為女子必學槍法以護身。由於兩人年歲漸長，膝下無子，遂關了武館，在通許縣過著閒雲野鶴的生活。

鄭老爺笑道：「托您的福，聽了您的讚譽，方知外間傳聞為真。」

馬忠道：「哦，外間有何傳聞？」

鄭老爺道：「坊間流傳，君悅客棧之所以人聲鼎沸，半靠馬忠迭往迎來的功夫啊，哈哈！」

馬忠聽了，笑得合不攏嘴，道：「鄭老爺子，您過獎了，君悅客棧全靠您們這些舊雨新知，方有今日啊，否則我店小二馬忠老早就喝西北風去嘍。您今日是要喝茶吃飯，或住宿？」

鄭老爺道：「我們來吃頓飯。順便問你一件事，外頭那位少年有何事？」馬忠向外望了望，便將事情原委擇要說了。

鄭老爺道：「既然如此，麻煩你請那位小兄弟進來與我們同桌用膳，我們夫婦再問問他。」馬忠道聲好後，便去領袁保康進客棧，坐到鄭氏夫婦那一桌。

馬忠陸續端來四菜一湯和三碗白飯，袁保康望著桌上香噴噴的菜餚，不禁口水直流，肚子咕嚕咕嚕叫著。鄭夫人笑著對袁保康道：「你叫袁保康，對吧？來，吃點東西。」袁保康兩眼盯著桌上美食，怯生生地不敢動筷。

馬忠道：「小兄弟，別害怕，這兩位都是好人，鄭老爺可是會武功，他可以教你。」袁保康望向鄭老爺，再看看鄭夫人，點點頭，囫圇吞棗地吃了起來。

鄭夫人道：「馬兄弟啊，這可就是你偏心了，老頭子可教，我就不能教嗎？」

馬忠笑道：「鄭夫人，小的哪敢啊。可您曾說過，您的楊家梨花槍只傳女不傳男，這位小兄弟是個男的，您教了，可不壞了您自訂的規矩。」

鄭夫人有點意氣用事地道：「規矩是我訂的，我當然可以改。小兄弟，自明兒個起，我教你楊家梨花槍，好不？」袁保康吃得腮幫子鼓鼓的，猛點頭。

鄭夫人趕忙道：「吃慢點，別噎著了。」袁保康實在餓過頭了，多少日子來的餐風露宿，沿街乞討，看盡陌生人的臉色。一路上雖也有善心人士施捨救濟，然總是可遇不可求。今日有這麼一頓豐盛美食，想起被搶走的娘，邊吃眼淚邊流。鄭老夫人心中不捨，安慰道：「別擔心，慢慢吃，吃完我們再來商議。」

這頓飯吃得袁保康是撐腸拄腹，肚子圓鼓鼓的。袁保康放下碗筷，對鄭氏夫婦稽首一拜，兩人嚇了一跳，趕忙要他起身入座。

袁保康道：「娘曾說，受人點滴，湧泉以報。謝謝鄭爺爺和鄭奶奶。」

鄭夫人道：「真是有禮，你娘教得好。」

鄭老爺道：「店小二說，你想去武當學武功，救你娘。」袁保康點點頭。

鄭老爺續道：「不如這樣吧，你隨爺爺奶奶去，我們教你武功。」袁保康只知道上武當學武功，卻不知天下武學流派眾多，各有各的精妙，一時之間不知如何回應。

就在此時，王掌櫃走了過來，與鄭氏夫婦一番寒暄後，對袁保康道：「小兄弟，我都聽說了。要救你娘固然好，你也要把功夫學會，才能救你娘。鄭老爺和鄭夫人的武功都很厲害，你可以跟他們學，不一定要上武當啊。」馬忠也湊過來，道：「對啊。天下的武功很多，鄭爺爺鄭奶奶可以教你的。」袁保康看看掌櫃，又看看馬忠，最後看看鄭氏夫婦，點點頭。

王掌櫃道：「如此甚好，這位小兄弟就有勞兩位了。」鄭氏夫婦喜出望外，沒想到年過五十，膝下無子的他倆，竟然在半百之際，收得一子，且這孩子面容竟與他們多年前走失的女兒有神似之處。鄭老爺子高興之餘，對馬忠道：「麻煩給在座的各桌送上一壺白酒，酒錢算我的。」王掌櫃馬上道：「這等喜事，怎能讓鄭老爺子破費，酒由本店招待。」王掌櫃對膳房客人喊道：「每桌送上一壺白酒，本店招待。」膳堂的客人聽聞此事後，轟然叫好，謂鄭氏夫婦有義，君悅客棧有情。

袁保康隨兩人回通許縣去，兩人待他如自家人，自不待言。不過在教武這事上，夫婦倆卻互不相讓，都將保康視為關門弟子，爭著把畢生所學傳給他。最後兩人談妥，以一年為期，先教山東長拳，蓋拳乃所有武藝的源頭，所謂「活動手足，摜勤肢體」可為日後學習各類兵器奠下基礎。第二年學楊家梨花槍，最後是雙手劍。

保康跟兩人習武，兩人將畢生所學，盡傳予他，毫無保留。鄭夫人教保康習楊家槍法甚為嚴厲，僅是扎槍，便練了三個月，直到將吋許厚的木片戳破為止。扎槍練穩了，接下來是學革法，鄭夫人扎槍，保康練攔、拿等格法。再三個月後，學扎和格的連環法，亦即一扎一格，或二扎二格。最後三個月練習楊家槍的破法和要訣。

鄭老爺講解拿手的雙手劍時，一招一式比畫得相當仔細，深怕若不傳予保康，精妙的雙手劍法此後再無人能使。鄭老爺的雙手劍共二十四劍法，包含擊、刺、格和洗等四法，每一法又有三至五種不同的勢，如擊法有豹頭擊、跨左擊、跨右擊；格法有舉鼎格、旋風格等。保康心中念念不忘救母，對鄭氏夫婦所傳授的武藝，學得相當勤奮，不僅將各種拳法學得扎實，梨花槍和雙手劍的功夫更是讓鄭氏夫婦稱讚不已。

韶光荏苒，轉瞬間保康已是束髮之年。

這日，保康又向鄭老爺提起救娘一事，道：「爺爺，我的武藝已經學得差不多，可以去救娘了。」

鄭老爺道：「救你娘這事，我們須得從長計議，計畫穩當後再去。」

保康道：「可每延遲一日，我便忘記娘的長相一分，到時要如何是好？」

鄭老爺道：「你說的也在理，和奶奶商量一下，可好？」保康說好。

晚飯過後，三人在客廳閒聊。保康將想去救娘的事，說了一遍。鄭夫人道：「保康，往昔我們很少問你的過去，怕引起你傷心。如今時候已至，奶奶想再問問你的爹娘。」保康只知爹姓袁，不知娘的姓氏，娘也未提過。爹爹在他很小時便過世，他自小和娘相依為命。娘幫人做飯洗衣，維持兩人生計。娘每日雖是辛勞，卻也不忘教他為人處事的道理，常講些忠孝節義的故事給他聽，如懷桔遺親、臥冰求鯉。

保康說的這些事，鄭夫人當初已經聽過，未曾多想。不過，今晚鄭夫人心頭一動，問：「你娘還說些甚麼故事給你聽？」保康思索片刻，道：「洪水的故事。娘好像說過，有一日洪水來了，大家趕快跑，她被洪水沖走，有人救了她，她不知道回家的路。娘告訴我，如果洪水來了，她和我要綁在一起，這樣就不會分開。」鄭夫人聽到這裡，一陣暈眩，這故事就曾在他們身上發生過。

多年前，鄭氏夫婦育有一女，名喚巧娘，一家住京師東明縣，夫婦倆教武為生。某一年，黃河發大水，滾滾洪水淹沒數十里之內的良田屋舍。百姓見洪水湧來，各個扶老攜幼往北跑去。沿途難民絡繹不絕，哀叫聲此起彼落。跑不及者，被洪水帶走。僥倖得生者，無穀粒可食。鄭氏夫婦原本牽著巧娘一起逃難，不料快到濮陽縣時，卻被滾滾流民沖散，從此音訊全無。洪水過後，兩人曾四處尋找打聽，皆無下落。傷心之餘，遷徙至肥城縣，在該地開設武館。十餘年光陰過去，兩人雖思念巧娘，卻也無其他辦法可想。如今遇見保康，聽此故事，兩人心中激動不已。

鄭老爺道：「保康，爺爺和你一起去救你娘。」

保康道：「爺爺，您有歲數了，救娘這事由孩兒來辦即可。等把娘救了出來，一定帶娘來和爺爺奶奶相見。」

鄭夫人道：「救你娘這事，我也得去。」鄭老爺和保康同聲道不可，只是一個叫老婆子，另一個叫奶奶。

鄭夫人霍然站起，道：「誰說不可？」去牆壁上取下長槍，走出室外，舞起梨花槍法。

古有云：「二十年梨花槍，天下無敵手，今事勢已去，撐住不行。」古人之意並非學了二十年梨花槍，盡可打遍天下無敵手，而是槍法佳，可以爭天下。鄭夫人耍起槍來，奇正虛實，銳速險短，挺槍不動如山岳，出槍掛絞似遊龍，端的是巾幗不讓鬚眉。保康在一旁看得技癢，大喊一聲：「奶奶，我來啦」，擎起圓頭的練習槍，與奶奶對打起來。

鄭夫人道：「來得正好，吃我一招燕子奪窩。」

保康喊道：「看我翻槍按槍，再一招鯉魚穿鰓。」

鄭夫人道：「好招，吃我一記鳳凰點頭。」

祖孫倆出招接招，將槍法的鉤掛纏絞轉隨進退等，舞得淋漓盡致。鄭老爺在一旁看得心曠神怡，直道好久沒看過如此精彩的對陣了。兩人打了一百零八招後，使個眼神，各自向後躍了一步。鄭夫人意氣風發道：「誰曰不可？」保康和爺爺對了一眼，皆曰：「可。」祖孫三人哈哈大笑，笑聲直達天際。

翌日一早，三人收拾包袱和隨身兵器，南下隨州。經過君悅客棧時，馬忠剛好在門前送客，見三人來，喊道：「真是貴客臨門，保康越發結實壯碩，鄭老爺和鄭夫人越發老當益壯啊！」瞥見三人帶有隨身兵器，心裡咯噔一下，依舊滿臉笑容，道：「請進。」三人走到門口，馬忠道：「老爺和夫人是知道的，我們客棧⋯⋯」不待馬忠把話說完，鄭夫人沒好氣地道：「有個臭規矩，要交出隨身兵器，放在架上，對不？」馬忠笑道：「夫人，此乃規定，您是明白的。」

三人落座後，要了四樣菜和三碗白飯，靜靜地將飯菜吃完。王掌櫃過來打招呼，見三人一臉嚴肅，也不多話，只道：「路上小心。」鄭爺爺向他點點頭，隨即領了自家兵器，出客棧門，往南而去。

不一日到了隨州，先在碾子彎找間客棧入住，兩人再陪著保康往桐柏山區走去。保康沿路回想當初娘被搶走的情形，一路對照眼前所見的景況，有時覺得相似，過一會兒，卻又搖頭稱不像。桐柏山區位在隨州北邊，山勢雖不高，但佔地極廣，且林木蔥鬱。三人在山腳邊尋了兩三日，由於事隔久遠，保康難以記起娘究竟在何處被強行帶走，一直悶悶不樂。鄭夫人安慰他，吉人自有天助，無須煩憂。

日入時分，三人在客棧吃飯時，鄭老爺注意到隔桌兩個漢子正說著黑話。鄭老爺為人和善，在江湖上結交不少三教九流，懂得一些黑話。只聽到這兩人大約說著甚麼「花底」、「八」、「開條子」、「打鷓鴣」等。鄭老爺細細思索這些黑話，驚覺這兩個漢子說的是打劫、販賣女子為妓。忙向鄭夫人使個眼色，右手食指指指漢子，再用食指和中指做出走路狀。鄭夫人馬上知道他想要跟蹤這兩個漢子，也不動聲色，呼叫店小二過來結帳。正大口扒飯的保康，不知所以，一臉愕然。鄭夫人也跟他使個眼色後，才放下碗筷，隨著兩人走出客棧。

三人在客棧外隱密處等候，待見到那兩個漢子出來後，鄭老爺便假裝成趕路人，跟在那兩個漢子的後頭。這一跟就跟到了桐柏山區的七尖峰，見到第四峰下有處山寨，寨內有房舍數間，周圍以木柵欄圍起。鄭老爺遠望那兩個漢子進去後，在皎潔月光照亮下，沿路回客棧。

鄭老爺直到亥時才回，一入房，便將方才跟蹤之事說了一遍。鄭夫人認為保康的娘既是被強行帶走，有必要闖一闖，探個究竟。三人商議明日扮成遊客，到七尖峰尋幽訪勝。計議已定，便各自去睡。

隔日一早，三人裝扮妥當，在鄭老爺的引路下，往七尖峰去。快到第四峰時，有輛騾車從背後駛來，鄭老爺看這騾車，行走極快，似乎並無載物。不到半炷香的時間，這輛騾車又駛了過來，但見那騾子走得吃力，似乎拉著重物。但因黑布罩著騾車，也不知車內裝何貨物。鄭老爺認為事有蹊蹺，再聯想昨日聽到的黑話，認為此處可能與販賣女子為妓有關。為免引起注意，三人一路上說說笑笑，對著七尖峰指指點點，品頭論足。

夜晚，在房內，三人商議如何探查那處房舍。一番交頭接耳後，決定先查明騾車，再決定應否入寨一探究竟。

三人在騾車必經之路守候兩日，未見騾車往來。等到第三日，見到騾車從山裡出來。鄭夫人持槍，站在路中，鄭老爺和保康守在兩側。騾車車夫見路中有人擋路，停下騾車後，向車內喊了一聲「爬」[1]。頓時從車內竄出兩名持腰刀的漢子，殺向鄭夫人。鄭夫人見兩把刀砍了過來，耍起梨花槍，格開左右來刀。兩名漢子的刀法雖也不差，但遇上楊家梨花槍，只能怪其運氣不佳，不到十回合，就已躺在地上打滾哀號。

當車伕喊出黑話時，鄭老爺身手矯健，跳上騾車，制住車夫，要保康一看騾車內的究竟。不看還好，一看嚇了一跳，騾車內竟載有七八名手腳

---

1 「爬」為江湖黑話，指「有人搶劫」。

被綁，口被布矇住的女子。這車竟是載運販賣女子的車。鄭老爺心中火起，頓時打昏車夫。跳下車後，又打了那兩名漢子好幾拳，出一口惡氣。

鄭老爺先脫下車夫的外衣，再以其人之道，還治其人之身，將三人捆綁結實，口塞布條，丟入車內。問明眾女子的情況後，知道還有數人被關押在山寨房舍內，便要她們趕緊去縣府衙門報案，他們三人會乘騾車，往第四峰下的房舍去，解救尚被扣押的其他女子。

鄭老爺穿上車夫的外衣，裝扮成車夫模樣，鄭夫人和保康躲藏於車內，騾車緩緩向第四峰駛去。將近木柵門時，柵內守衛的漢子覺得奇怪，這騾車為何又駛回？打開寨門，想要上前詢問時，鄭老爺抓準時機，從車上躍出，一腳踹翻那漢子，殺進寨內。車內的鄭夫人和保康亦跳下車，衝了進去。寨內的漢子們見三人突然殺了過來，猝不及防之下，只得取了兵器，倉促應戰。鄭老爺三人是有備而來，山寨的漢子哪想到會有人敢來端窩。不到半炷香的功夫，只剩下兩位當家的漢子，其餘不是躺在地上，就是逃命去了。

兩位當家，一個姓史名鵬，另一個叫秦陽，兩人已落草為寇多年，做的是擄人販賣為妓的無本勾當。這群匪徒不時到鄰近各縣，專挑獨行女子下手。得手後，把人帶回山寨關押，等江南的人口販子前來，再整車送去江南私娼寮。史鵬和秦陽行事一向小心，官府衙門雖曾來查詢過，然查無異狀，見其房舍與一般獵戶無異，查了兩次後，就未曾再來過。

史鵬和秦陽面對鄭老爺三人，忿忿開口道：「尊駕是何方神聖，竟闖入我寨撒野？」

鄭老爺道：「你這匪徒，光天化日之下，竟擄人販賣為妓，老夫今日要為民除害。」

史鵬道：「您老說的是啥話？您可見有女子被關押在此？」

鄭老爺道：「老夫不與你這匪人多說，保康，把車裡的人提來。」保康聞言，跑向寨門口的騾車，提了一個漢子來。史鵬和秦陽見到那漢子，臉色微變。

秦楊道：「這人是誰？你這老漢隨意抓人前來，誣指我們做那勾當，是何居心？」

這秦陽不出聲還好，一出聲頓時被保康認了出來，就是當日踹他一腳的人。保康怒從心起，喊道：「就是你踹我一腳，搶走我娘。」話一說完，雙拳朝秦陽打去。秦楊見保康面生，不知為何說他搶了他娘，見雙拳往臉上打來，便出拳應付。鄭老爺見保康出手，也趨前戰上史鵬，嘴巴喊道：「老婆子，快去搜。」鄭夫人一聽見老婆子三字，心裡雖氣，卻也持槍奔去房舍處，挨戶地搜。

秦楊的拳頭功夫不弱，與保康戰個相當。但秦楊的心底卻覺得不踏實，和一個小夥子打成平手，豈不枉費多活了些歲數，面子上不好看。於是力灌雙臂，加大拳頭的力道。保康雖學武已有數年，然尚未真正和人對陣過，實打的經驗不足。一股怒氣雖讓他無懼秦楊剛猛的拳頭，應付起來卻也有力不足之處，尤其是架開來拳時，手臂撞擊處隱隱作痛。

山寨大當家史鵬手持一對判官筆，戰上鄭老爺的雙手劍，一時之間也難分勝負。兩人打得異常精彩，十足發揮手上筆和劍的隔擋刺揮砍削等招式。鄭老爺對敵之際，眼睛餘光也注意一旁與人對陣的保康。瞥見保康勉強招架時，喊道：「保康，白猿偷桃。」正在苦撐的保康聽見爺爺傳來「白猿偷桃」，立時改變拳法，打出螳螂拳。這一下子讓秦楊驚訝不已，幾招過後換他陷入勉強招架的窘境。保康見螳螂拳竟有如此威力，乃放心大展身手。

鄭夫人持槍，一一踹門入屋查看，皆不見有女子被關押。繞到屋後柴房，進去搜時，起初不見有異狀，待不經意往牆角地板瞧去時，見地板細縫處似乎有燭光洩出，乃雙手握槍，使出一招獨劈華山，把地板擊個碎裂，當即露出一小窟窿，原來底下是一間暗室。鄭夫人繼續劈打地板，當小窟窿變成大窟窿時，已可見底下真關有數名女子。鄭夫人朝底下喊道：「別怕，我來救妳們。」底下有一女子喊道：「密門在櫃子底下。」鄭夫人奮力推開櫃子，打開密門，將人一一救出，帶往寨門去。

鄭老爺看見夫人救出數名女子後，便對史鵬喊道：「你這賊子，如今還有何話說？」揮舞手中劍，猛攻史鵬。史鵬看到女子被救出，已無心戀戰，左右判官筆點出，隨即竄往寨門，向第一峰逃去。秦陽見大當家逃走，虛踢一腳，想往山寨的後山逃去，不料卻被鄭夫人抖動長槍，擊中骭骨，痛得倒地不起。保康跑了過來，把秦陽壓在地上，鄭老爺找來繩索綁住秦楊。

鄭夫人見歹人已被綁，詢問眾女子是如何被歹人擄綁至此。眾女子除感謝三人的救命之恩外，各自說明被綁的情況。原來有人獨行於路上，或是獨自在家，或是與姊妹結伴而行，遇到這群匪徒不分青紅皂白，將她們擄來。有的已經來了七八日，有的是前天才被關押在地下暗室。被關在此地的女子，通常數日後就會被帶出，也不知帶往何處。

保康聽到這裡，暗忖娘已經被抓走好些年，應該不會在這裡了。傷心之下，哭著往房舍跑去，一邊大喊：「娘，妳在哪裡？」保康逐屋搜了一遍，鄭夫人看見此景，一時鼻酸落淚。保康遍尋各屋室無著後，往山寨後山找去。沒想到從後山的山路走來一個漢子，身後跟隨兩名女子，抬著一堆剛洗好的衣物。漢子見到保康跑來，嚇了一跳。保康見那漢子似乎是歹徒的同夥，直接衝了過去，掄拳就打。那漢子見保康出拳，趕忙也出拳應付。

鄭老爺見保康與歹人撕打，也跟了過去。抬著衣物的兩名女子，後方那人待保康跑近時，雙眼發楞望著保康，雖想喊出話語，卻似卡在喉嚨，出不了聲。再見到鄭老爺也過來時，瞧那面容依稀就像日思夜念的爹的模樣，只是老了些。女子心頭一震，眼淚奪眶而出，輕喊聲：「爹？」鄭老爺聽到一聲爹，往女子望去，眼睜睜看著女子，略帶遲疑喊聲：「巧娘？」女子聽到巧娘二字，熱淚盈眶，大喊：「爹」，丟下擔子，向鄭老爺跑去。鄭老爺大喊：「巧娘。」父女終於重逢。

不遠處與歹人撕打的保康，正專注與歹人對招，還沒注意到鄭老爺父女相認。待聽到爹和巧娘的喊聲傳入耳後，一時心頭激動，卻分了心，被歹人趁虛打了兩拳。幸好保康年少結實，還挨得起打。鄭老爺本想助保康一臂之力，見這孩子一時之間不會陷入險境，就由他與歹人對陣。鄭老爺往山寨大喊：「老婆子，快來，找到巧娘了！」正與眾女子敘話的鄭夫人，聽到老頭子的喊聲，連忙跑了過來。一見到巧娘，淚如雨下，母女重逢雙手緊握不放。

與保康對打的歹人，見到跑來一個手中持劍的老漢，已感不妙。不一會兒，又看到一老婦手持長槍，靠了過來，心裡大驚，心想這下可無生路了。使了一個虛招，便拔腿往後山跑去。保康欲追，鄭老爺叫道：「窮寇莫追。」保康止步，過來與親娘相認，四人喜極而泣，久久無法言語。

在客棧裡，巧娘說了她這些年來的遭遇，邊說邊掉眼淚。

原來多年前與爹娘走散時，她被也是躲洪水的袁姓夫婦收留。袁氏夫婦育有一子，逃難路途中，見她一人在路旁哭泣，遂把她帶在身邊。由於袁氏夫婦本就是窮苦人家，逃難時更是身無分文，生活過得極其艱苦。他們從北方一路輾轉到遠離黃河的湖廣，後在德安府崎山鎮定居下來。袁氏夫婦雖將她當童養媳看待，卻也不虐待她。由於家裡實在窮，袁氏夫婦雖辛勤，多半食不溫飽，巧娘小小年紀也必須隨袁母四處幫傭，學了些手藝。長大後，袁氏夫婦讓她與其子成親，一年後生下康兒。康兒四五歲時，湖廣地區遭瘟疫肆虐，她的公婆與孩子的爹先後染疫病故。舉目無親的她，只好四處幫傭以謀溫飽。

一日，母子倆走在隨州往北的路上，要去一處人家家裡幫傭。不料半路遇上數名歹徒把她擄走，帶往桐柏山區。起初幾日，關在地下暗室，心裡惶恐，終日以淚洗臉。看守她們的漢子每日送食兩次，每次來時，都抱怨飯菜難以下嚥。漢子有次隨口問她會不會煮飯，她說會。於是漢子就帶去見大當家，大當家要她煮兩道菜來嚐嚐。她去伙房弄了兩道菜，大當家嚐了之後，讚不絕口。於是被強留下，做些煮飯、燒菜、挑水、洗衣等雜事。雖有幾次想趁到後山野潭洗衣時逃跑，由於人生地不熟，再加上歹人看管得緊，一直無法逃離。被救那日，她和另一位女子到後山洗衣，回來時，在山路上見到康兒。因為康兒已長成少年狀，一時之間只覺得面容相似，再仔細瞧時，果真是康兒。由於過於激動，以致康兒兩字叫不出口。巧娘說完後，兩眼看著康兒，眼眶濕潤，再看看爹娘，欣喜的眼淚流了下來。

鄭夫人道：「老天有眼，讓我們在許州遇見康兒，因著他，又救了巧娘妳。」說完，也是熱淚盈眶。

鄭老爺道：「老天待我們真不薄，早些年雖走失巧娘，今日，除了救巧娘外，又還多了一個康兒，直是雙喜臨門！」

保康道：「爺爺奶奶，這得要感謝馬叔的施粥之恩。如果那日馬叔見我一流浪兒，把我趕走，我們家就不會有重逢之日。就是馬叔領我入客棧，並給我一碗粥，留我在屋前等候。才因此而遇見爺爺和奶奶的。」

巧娘問：「馬叔是何人？我們可得好好謝謝他！」

鄭老爺道：「康兒口中的馬叔名叫馬忠，是許州君悅客棧的店小二，我們真要好好謝謝他。」

隔日，一家四口到隨州縣府衙門，與一眾被擄女子，接受知縣問話。知縣審訊被押歹人和受害眾人，問清擄人販賣為妓案後，再三向鄭老爺和鄭夫人道謝。受害女子暫時安置在衙門內，待衙門行文具領公文至各縣，再由親屬各自將女子領回。鄭老爺一家則離開隨州，回通許縣去。

＊　＊　＊　＊

在膳房忙得昏頭轉向的馬忠，趁空走到門口，伸伸懶腰，不經意地望向來路時，見遠處走來四人。「咦，那不是持長槍的鄭夫人嘛？當日去時，只有三人，今日卻有四人回。這是啥回事呢？莫非保康已經找回他娘了？」待見到女子緊抓住保康的手臂時，暗忖：「保康真的找到他娘了，真是好消息。」馬忠趕忙進去跟王掌櫃的說，王掌櫃一聽，也跑到門口瞧，果真來了四人。王掌櫃吩咐馬忠，去伙房請劉滔整治一桌酒菜，要好好替鄭氏夫婦慶賀一番。

鄭氏夫婦滿臉笑容，心情愉悅地走向君悅客棧。客人還沒到門口，王掌櫃已經在門口喊道：「恭喜老爺，賀喜夫人！」

鄭老爺道：「王掌櫃，您老可真厲害，我的話還沒出口，您就已經知道喜從何來啊。」

王掌櫃道：「瞧您夫婦這般喜悅，再看看保康和這位，這位應該是保康的娘吧，保康得兩位的幫助，終於找回他娘，而且四位看起來就像是一家人，喜從這而來啊。」

鄭夫人道：「王掌櫃，您老說對了，保康終於找回他娘了。不過，您老有一句話不對。」

王掌櫃道：「有句話不對，哪句話說的不對？」

鄭夫人道：「您老說咱四人看起來就像是一家人，這句話不對。咱們不是看起來就像是一家人，咱們就是一家人。」

王掌櫃有點不太明白，問：「鄭夫人的意思是？」

鄭夫人道：「我的意思是我們找回失散多年的女兒啦，保康的娘就是我們的女兒巧娘！」

王掌櫃恍然大悟，拍拍自個的額頭，道：「俺的天啊，這可是天大的喜事呀。你們四位是一家人。來來，不是一家人，不進一家門，請進。馬忠，貴客入門嘍！」

馬忠道：「來嘍，酒菜已備妥，請上座。」

四、假仁假義

不知怎麼搞的，今晚膳房的生意差得不得了，沒啥客人進門。馬忠差不多整晚都坐在櫃台旁打盹，偶爾驚醒過來，看一下膳房，還是只有角落那桌的漢子，飲著酒，挾兩口菜吃，放下筷子，一語不發，靜靜坐著。

已是戌時，要關門了。馬忠起身，走向角落那桌，道：「客官，夜已深，咱客棧要關門了，您請結帳吧。」漢子道：「俺今晚就在這裡住宿，麻煩給俺一間素房。還有，俺想坐在這裡，再喝點酒，能給個方便？」馬忠道：「要住宿，麻煩到櫃檯登記，至於喝酒，您請自便。」

漢子去了櫃檯，在住宿簿內二乙房欄上，寫下山東青州岳隆吟七個字，放下十兩銀子，又回到角落的桌子坐下。馬忠看那十兩銀子，道：「客官，您多給了。」岳隆吟道：「多的，賞給你吧。」馬忠滿口道謝。

「店小二，麻煩再給俺來兩壺白酒和一盤花生。」

「好，不過，這是今晚最後的供酒。」

「明白，勞駕了。」

睡到半夜，馬忠有尿意，起身去了茅廁。回屋時，雖睡眼惺忪，仍瞧見膳房燭火未滅，暗忖那漢子是不是醉了，直接趴桌入睡？馬忠走過去瞧一瞧，見那漢子仍坐在角落的桌子，雙眼空洞地盯著燭火。

馬忠開口問：「客官，這麼晚了，您還不上樓安睡去？」

岳隆吟道：「店小二，你想聽俺說個故事嗎？」

馬忠一臉訝異，問道：「聽故事，深夜此時？」

岳隆吟道：「是。」

馬忠捂著嘴，打了一個哈欠，揉揉眼睛，道：「好，不過小的先去取件棉襖來。」馬忠回房取棉襖，披在肩上，坐在岳隆吟身邊。岳隆吟開始說起他的故事。

「俺本是五軍營山東都司衛所步軍隊的教頭，專責教士卒拳術和刀法。俺教的三十二勢長拳，為步軍隊士卒的基本拳法，刀法以雁翎刀十八勢為主。拳術和刀法必須每日操練，方可在對敵時，發揮克敵的功效。俺又教專砍馬腳的滾地刀法，這刀法難學，既要防騎兵長槍和戰馬踢蹬，亦要能貼地行動。身材高大者不宜，俺只挑短小精幹士卒，專練滾地刀。

要練好拳刀兩術，必先練好手法、身法和步法，而這三法又必須以勁為根底，故每日操練極為辛苦。俺對士卒的要求很是嚴厲，該操練則操練，該歇息則歇息。操練時不准不用勁，倘若只是依樣畫葫蘆地比劃，輕者斥罵，重者挨打。因此士卒對俺頗多怨言。不過，俺的都指揮僉事歐陽盛對俺頗為信任，凡有上告者，一律被他斥回。

俺的嚴格訓練不是沒有成效的。每年秋季的班軍，喔，你不知何謂班軍。班軍乃中都留守司、山東、河南和大寧等都司衛所馬步軍隊，輪流到京都衛宿和操練。咱山東步軍隊的班軍操練，數次獲得皇上獎賞，誇為各營步軍隊之冠。尤其是各營之間的拳術比試，咱的步軍隊屢屢勝出。這得歸功於士卒的辛勤練習。只是三五千士卒中，拐瓜劣棗在所難免，只因歐陽大人的厚愛，俺才得擔任教頭一職。

不過，好景不常，三年後，歐陽盛調任兵部侍郎，新到任的都指揮僉事趙通不論人品或武功，皆不入流，也不注重日常操練，只在意官場的送往迎來，以巴結上司為能事。你或許不知，俺是不吃這一套的。俺和這位新上任的趙某，說句白話，叫做不對盤。俺的日常操練不因長官的更換而改變，一如往常。可那受不了苦的士卒跑去告狀，私下且送些銀兩。趙大人屢次告誡俺，俺也不當一回事。

有一日，某個士卒摸躺子，你不知摸躺子？摸躺子就是打混摸魚，被俺發覺，那人頂嘴，咱一氣之下，出拳打了他一頓。這下子可好，那小子加油添醋地告了俺一狀。俺被趙大人罵了一頓，免去教頭一職，改調武庫房，武庫房乃存放兵器之所，俺的新職位就是監管山東都司衛所的各式兵器。

新職位簡直折煞了俺，俺可是個教拳的教頭，每日操練筋骨，一刻也閒不下來。監管武庫房，整日坐在辦公廳內，每日早晚各盤點兵器一次，你說這不是折煞俺嗎？更糟的還在後頭。某一日盤點時，發現帳目不清，刀槍盔甲皆有短少，俺疑心有人偷竊兵器。這事，俺曾經上報。可惡那趙某叫俺閉嘴，謂多一事不如少一事，兵部秋後自會補齊。俺回嘴，倘若兵部武庫司來查點，俺豈不背黑鍋。那趙某說，這事自會有人處理，叫俺少管閒事，不要追查。你瞧，兵器短少是個閒事，這是個什麼官啊！

俺也曾想寫密函給歐陽大人，只是顧慮再三，終沒寫成。俺心想，兵器短少應有人盜出外賣，若來個守株待兔幾日，興許查到些蛛絲馬跡也說不定。就這樣，俺白天在辦公廳打盹，晚上守在兵庫房外大樹上。一連守了好幾日，也不見啥動靜。

有句話說，只要功夫深，鐵杵磨成針。俺守了個把月後，終於發現原來那守衛的衛哨，趁夜掀開屋瓦，將人以繩索吊下，再將成捆的兵器吊出，拋給庫房外接應的外鬼，神不知鬼不覺地偷走兵器。俺在大樹上看到這一幕，直氣得想下樹抓賊。但又想，若是當場揭發，也只是抓到幾個監守自盜的衛哨而已，無法查出幕後指使之人，因此按耐住。

天明時，俺到辦公廳，查看昨晚當值的衛哨班表。

你問武庫房的衛哨編制，是吧？

武庫房的主管為都指揮僉事，衛哨由百戶所負責，百戶所編有兩總旗，總旗下有十小旗，每一小旗編有十名士卒。昨晚當值的是第貳總旗的第柒小旗。俺查明後，每日注意第柒小旗，也沒看出啥不同之處。

隔月，又輪到第柒小旗看守武庫房，俺又爬上樹等待。果然，這第柒小旗趁著夜色，又開始偷竊兵器。俺這下子忍不住，跳下樹，把他們打了一頓。這一下子，不僅驚動牆外的接應共犯，也驚動百戶大人莊和，帶著一批士卒，奔到庫房。

俺見到百戶來，把第柒小旗偷竊兵器一事，向他稟明。不料第柒小旗反誣指俺偷竊兵器，被他們發現，想要阻止俺，卻打不過。這下子可好，原本一清二楚的事，在眾口鑠金之下，反變成糊塗帳。這事鬧到都指揮僉事那邊，那狗官本就看俺不順眼，這下子更是惡上加惡，一下子把俺打成偷竊兵器的要犯，上了腳鐐手銬下獄。

俺待在牢房內，細細思量，這都指揮僉事、百戶和小旗士卒都是同夥的，難怪兵器短少，帳目不清，那狗官和百戶也不以為意。百戶應是主謀，兵器短少非一日之寒，應有些時日了，那狗官才到任不久，便與他們沆瀣一氣，想是百戶分利予他。可憐俺到後來才想通這個道理。

俺常聽說官府屈打成招，也不知個真假。直到俺入獄後，嚐到日夜拷打的滋味，才知廟前說書先生口中的地獄也不過如此。俺被嚴刑拷打後，實在經受不住，只得認了罪名，判個斬刑。後在兵部侍郎，就是俺前任都指揮僉事歐陽大人的疏通下，改成十年流放，流放到廣東惠州，這一路何止千里遠。公差將俺從牢房提出的那一日，歐陽大人還特地差人送來路上需要的盤纏。你說，這樣好的長官去哪兒找呢？

俺和兩名押解公差從山東濟南府，一路走到江西和廣東交界的九連山時，恰巧碰上一群山賊。那群山賊中，有人認出俺，叫了俺的名字。俺起先認不出，後來想到原來是步軍隊的拳術助教陳樂。他看到俺戴上刑具，一臉詫異，問了緣由後，豪不遲疑，立即把公差給殺了，屍首丟入山溝，把俺帶回他們的山寨。俺想想，左右橫豎是個死，俺也加入強人窩，從此幹起攔路打劫的勾當。

俺的山寨叫做龍川寨，當家的有三位，小嘍囉百多來人。陳樂在俺被調離教頭職位後，新來的教頭排擠他，處處看他不順眼，想用自家人嘛！陳樂也看不慣新來教頭尸位素餐，趨炎附勢兼賞罰不公，常與他爭吵，不久之後掛冠求去。與另一位同鄉結伴，欲回廣東潮州。兩人走了個把月，到了九連山，碰上山賊攔路打劫。可沒想到，陳樂技高一籌，擒賊先擒王，反倒先逮住山寨大當家。大當家當場求饒，說陳樂武功高，何不入夥，自在逍遙？陳樂和同伴商量，回鄉後也沒啥指望，乾脆兩人也當起山大王，做那無本錢的生意。原先的大當家本想把位子讓予他，但陳樂不願意，只願有個落腳處即可。

在陳樂的建議下，龍川寨訂下三不劫的規矩：一不劫附近村鎮，二不劫單身路人，三不劫老幼婦孺。

你說這也不劫，那也勿劫，這如何當山賊？

你有所不知，龍川寨一劫商隊，只要是以車運載的貨物，龍川寨絕不縮手；二劫官銀，一旦探得官銀運送路線，俺寨必想盡辦法將之劫走。俺在山寨時，劫商隊的次數大概有十來次。其實也未必真的劫商隊，只要商隊肯拿出俺們定的價碼，也就不用動刀槍。劫官銀就比較費事，一來官兵護送，沒點真本事，還真無法從他們的手中搶走官銀。二來各路好漢聽到消息也想分杯羹，因此劫官銀講求強攻和迅即，一得手，迅速轉移官銀。俺寨曾劫過三次官銀，白花花的銀子，每回少說也有萬兩。廣東和山西雖曾發動官軍來剿，九連山何其廣，官軍一來，俺們往山裡一躲。時日一久，官軍師老兵疲，自然退去。

你問俺寨有無失手過？

當然有！有次碰上鏢局車隊，運鏢的是河南山林鏢局陳福鏢師。這陳鏢師使一把山林刀，厲害非常，也打一套手千手觀音掌，再加上其餘鏢師也非泛泛之輩，俺們幾個下山攔路的當家都贏不了他，只好鳴鼓收兵。

甚麼，你認識陳福？他的功夫的確了得。

俺在龍川寨待了兩三年，也積攢一些銀兩，本想就此在山寨裡安居樂業，但心中念念不忘害我的百戶和那狗官，日日想著報仇，出一口惡氣。陳樂老勸俺不要活在過去的日子裡，可此仇不報非君子。

俺下定決心，辭別陳樂和山寨眾人。大夥相處久了，自然生出些感情，可天下沒有不散的筵席。俺獨自一人小心翼翼回到山東打聽，一打聽，才知道俺被列為海捕的逃犯，罪名是謀殺公差，各地府衙立即追捕，遇有反抗，格殺勿論。這下可不得了，俺無法在光天化日之下，出面打聽百戶和狗官的所在。於是花錢找個江湖郎中，為俺易容，可花了俺好幾百兩銀子。

你問這易容疼不疼？

當然疼！郎中雖用了痲沸散，俺還灌了一大壺烈酒，該疼還是疼。易容後，俺的長相的確和海捕文書上的面容不太一樣。俺躲在柱子山偏遠小村個把月，偶爾到附近城鎮上打聽。二日後，打聽到那百戶莊和已經升為膠州千戶所大人。這官真有那麼容易升？還不是天大的官府，地大的銀。有錢不只鬼推磨，還可買官晉爵哩！

俺離開柱子山，曉宿夜行，去了膠州，守在千戶所大門外，直守了三日，見到莊和騎馬出門，身後跟了幾名校衛。俺喬裝成做買賣的，一路跟到了喜相逢酒樓。你猜俺看見誰？猜對了，就是都指揮僉事趙通。這兩人到酒樓不知想幹啥齷齪事？俺也進了酒樓，在他們隔壁廂房，叫了整桌酒菜，跟店小二說等友人。

俺趴在牆壁上附耳偷聽，原來這兩人正在商量盜賣兵器和官糧，如何分利一事。只是俺一時不明白，這兩人說，盜賣所得分成四份，兩人各拿一份，一份給參與的校尉，還有一份聽不清楚說給誰。這兩人還提到俺的名字，說多年前俺幫了他們一個大忙，所有歷年來虧空短缺的，全算在俺的頭上。聽到這裡，俺心中怒火無法止息，提了尖刀，跑到隔壁房，先殺了莊和，再拿了趙通。

你說那些和他們一起來的校衛，怎不在廂房裡？

哈，談這分贓的齷齪事，怎能讓不相干的人知道？校尉當然在底下膳房喝酒啊！幸好這兩人當日大意，門外沒有守衛，要不然事情不會如此順利，真是天助我也。

俺把刀架在趙通的脖子上，問那第四份分何人？趙通不說，俺就先在他脖子劃一道。問第二次，不說，再劃一道。劃到第五道，趙通終於說了，是歐陽盛。俺聽到歐陽盛這三個字從趙通的嘴裡迸出，如五雷轟頂，直說這不可能。趙通那廝說，刀子都已經劃脖子了，沒啥好隱瞞的，一切都是歐陽的主意，而且已經好些年了，就連誣罪俺，也是歐陽的主意，疏通、送盤纏等等不過是假仁假義罷了。

俺聽到這裡，頓時對人感到絕望，真沒想到歐陽盛對俺的信任，竟然掩蓋他背地裡的假仁假義。於是順手往趙通的脖子一抹，了結他的性命。就在這時，校衛上來敲門，俺開窗從後院逃走。

俺回杜子山，躲了一些時日，想俺這一生應該是完了。如果俺留在龍川寨，雖當個惡人，好歹留住這一條性命。可俺就是嚥不下那口氣，念茲在茲就想報仇。如今仇已經報了，心裡並不覺得踏實，哪知背後又躲個更大的歐陽盛，這仇如何報得了？罷了。

俺已是個海捕的要犯，如今又殺了兩人，歐陽盛想必已經知道是俺幹的，你說俺怎會有活逃的機會？你也搖頭表示不可能有吧。俺已寫了封信給開封府知府萬仁，說俺會投案，三月十六，也就是今日卯牌時分，俺在許州君悅客棧等候。時候差不多了。」

馬忠聽到這裡，嚇了一大跳，同時聽見大門被敲得咚咚作響。岳隆吟道：「店小二，附耳過來，俺告訴你一個秘密。」馬忠將耳朵湊過去，岳隆吟在他耳邊輕語，馬忠聽得目瞪口呆。岳隆吟道：「有空去找找，好了，麻煩你去開門。」

馬忠打開客棧大門，見門外立著八名開封府捕快，路旁停著一輛囚車。捕快進入客棧，一眼望見岳隆吟，拿出海捕文書，核實身份後，欲加上手銬腳鐐。岳隆吟道：「這刑具可免了，俺跟你們走，這一次俺不想逃了。」

岳隆吟被帶上囚車前，看了馬忠一眼，笑了笑說：「記得有空找找。」

馬忠站在客棧門前，望著坐在囚車內的岳隆吟遠去，自言自語道：「是條漢子。」

五、椎心之痛

「唉，說來說去，是家門不幸，亦是教子無方，才落得今日下場。早知今日，後悔當初。要是讓他去學些買賣，不習武，或許今日咱無需遠離家鄉，咱妻也不至於枉死。那小子自小體弱多病，咱除了熬煮草藥，調理身子外，也教他長拳，年紀大一些時，咱教他掃堂腿，為的是鍛鍊體魄，不至於為病所苦」，老漢年約五十，坐在君悅客棧門外的階梯上，自言自語。

辰牌時分，馬忠開門，準備營業，瞥見老漢坐在門口，上前問：「這位客官，您早啊，進來坐不？」老漢起身，見是店小二問他，回道：「咱還要去陝西，不過時候尚早，也不急於一時，進去吃碗早粥也好。」

老漢起身時，馬忠見老漢的右臂只剩半隻，手肘以下全斷。馬忠見此狀，不問，也無需問。客人若需要你知道，便會說與你聽。若不想讓人知，冒失地問了，遭白眼還算事小。

馬忠領著老漢落座，去廚房端來一碗菜粥和兩個饃。馬忠道：「客官，您慢用，有事招呼一聲。」老漢點點頭，馬忠忙他的活去。

今日王掌櫃來得特早，他自個兒也不知為何。昨晚躺在床上，翻來覆去，就是無法安睡。見天色微明，只好起身，梳洗後，踱步到客棧。王掌櫃一進門，便見到老漢用早粥，心想咋這麼早就有客人進門？仔細一瞧，呦，這不是黎蒼嗎？三步併兩步過去，道：「蒼兄，甚麼風把你給吹來？」老漢一抬頭，見是王峰，道：「峰兄，是你啊！你怎會在這裡？你也來用早粥？」王掌櫃道：「用早粥？哈哈，也是。店小二，來碗早粥。」

馬忠在廚房聽見有人要碗早粥，一聽這聲音，可不是王掌櫃嗎？他這麼早來客棧做啥？馬忠端一碗早粥，來到桌邊，道：「掌櫃您早啊，這是您的早粥。」黎蒼聽店小二喊王峰為掌櫃，頓時睜大眼睛，道：「峰兄，這客棧是您的？」王掌櫃道：「哎呀，兄弟在這裡做點小生意，順便結交五湖四海的朋友，店小人少，算不上是啥大戶人家。」王掌櫃瞧黎蒼一臉憔悴，似乎經歷一番風霜，見右臂似乎少了半截，問：「蒼兄，你的右臂是咋回事？俺記得你在山東諸城開設武館，今日怎會有空來此地？究竟發生甚麼事？」黎蒼嘆了一口氣，道：「這事說出來，無甚光彩。咱們相識多年，當年還幹過幾番大事呢，算是兄弟一場，這事咱就說給兄弟你聽。

「自從咱們決議各奔前程後，咱到了山東教拳為生，先在袞州，後搬到諸城，在諸城維揚武館當教頭。武館館主姓金，名泰來，使得一手螳螂拳和彈腿。金館主有一獨生女，名喚三娘，自小和他父親習武，也是山東有名的女教頭之一。咱吃喝拉撒睡都在武館裏頭，與那三娘日久生情。金館主見我倆情投意合，於是招咱入贅，一來想續香火。二是由咱接替他主持武館。咱是單身漢，父母早已亡故，況且金館主待咱不薄，於是就答應入贅這事。

多年前，金館主病逝後，咱接了館務，兢兢業業，唯恐壞了金館主立下的招牌。幸好在三娘與咱的努力下，維揚武館也算得上是山東有名的武館之一。咱教拳，三娘教腿，以南拳北腿，打響名號。除拳腿外，咱還教花槍和八卦棍。日子也就在拳打腳踢之間度過。

咱入贅成親三年後，喜獲麟兒，取名武強，盼望此兒日後功夫不俗。武強本隨咱姓，因岳父臨終遺言交代，武強乃隨其母親姓黎。武強自小體弱多病，咱請大夫來看過，大夫言需服湯藥調理，練拳以強健筋骨。武強四五歲時，咱便教他長拳。人雖瘦小，學拳卻是努力。不過一兩年，就學得長拳三十二勢。咱看那小子出拳頗有架式，中規中矩，興許是塊學拳的料。不過，卻有一事讓咱傷透腦筋。」

王掌櫃問：「何事會讓蒼兄你傷透腦筋？」

黎蒼續道：「武強自會武功後，便喜歡找鄰居孩童比武。左鄰右舍那些孩童何曾學過武，有些還穿著開檔褲呢。那些孩童屢屢被武強打得瘀青，人家父母到家裡告狀，咱不得不嚴厲教訓武強，也得賠人家點醫葯錢。或許武強被咱教訓後，忤逆之心漸漸升起。

為了不讓武強長大後，恃強凌弱，仗著功夫為非做歹，咱便不教他刀槍，咱所教就只有一套長拳。咱教武，看重的是德，功夫愈好，人必須愈謙和。咱想等武強長大些，明白做人做事的道理後，才教他功夫。但三娘卻不作如是想，曾為此事與咱爭吵。她說家傳密技自然要傳給兒子，如果不傳，難道要帶入棺材嗎？咱好說歹說，三娘明面上雖不再堅持，私下卻傳授武強彈腿，十四五歲後教授基礎槍法。咱也為這事與三娘爭執，三娘說畢竟是自個生的兒子，斷無不教授家傳秘技的道理。咱爭不過三娘，只盼武強不惹事生非就好。

可是天總不從人願！一日，有外地兩兄弟來到諸城城隍廟，在廟口擺攤，賣跌打損傷藥膏。小的敲鑼招引客人，大的在場中打一套永春拳。這時武強恰巧路過，見那拳術，便想與人比武。兩兄弟見有來人挑戰，本來是不想節外生枝，婉拒武強的邀約。不料武強竟開口嘲笑，那人的弟弟氣不過，上前理論。那知那小的不會功夫，被武強打得鼻青臉腫。那大的見狀，跟武強打了起來。起初兩人平分秋色，十餘回合後，武強漸漸不敵。大的見武強不敵，也不想再打下去，畢竟是外地來的人，事情惹大了，事後不好收拾，於是有意收手。出個虛招，往後一跳，罷手停戰。誰知武強利用對方無意再戰空隙，掄起場邊的木棒，使勁劈打，打得對手招架不住。幸好恰巧路過的高家屯村教頭張皇見狀，出手制止，喝斥武強怎可趁人不備偷襲。武強強詞奪理說，罷手是對方說的，他又沒答應。武強怪張教頭出面干涉，本可收拾兩兄弟，卻被張教頭從中破壞。說完，悻悻然離去。

那兩兄弟只想到廟口賣點膏藥，賺點銅板錢，沒想到碰上潑皮似的武強。張教頭好言相勸，說出門在外，難免遇上麻煩，好在只是皮肉傷，貼貼膏藥，過兩日便會好轉。張教頭且拿出一點盤纏給兩兄弟，囑咐盡早回去。兩兄弟謝過張教頭，回家去了。兩天後，咱在市集遇見高教頭，高教頭提了這事。咱真的是無地自容，教子教成這副德性，只會讓街坊鄰居笑話。咱回去後，把武強狠狠教訓一頓，或許是此事讓武強對張教頭懷恨在心。

武強的功夫原本只會長拳和彈腿，自此事後央求三娘教他上層功夫。唉，為娘的總捱不過自己孩子的央求，三娘開始傳授他家傳密技。武強學了幾個月，認為自己的功夫已經可以頂上天，常跑去鄰近鄉鎮找人比武。若看到廟口有人賣藝，出言挑釁更是常事。一般遇到武強亂來，總會讓著他，不想與他一般見識。如此一來，卻讓武強認為怕他的人多，敢接受挑戰的人少，武強的自大之心越來越盛。甚至在外頭狂言，謂他已習得家傳密技，長拳看不上眼，即便老父也比不過他等等。

這些流言自然傳進咱的耳朵，咱只能再三嘆氣，哪管得了他在外頭的胡作非為。

約莫一年後，武強自認功夫已達爐火純青的地步，竟跑去高家屯村，直接找上張教頭，向其挑戰。峰兄，你也知道，習武之人總會找人比試，互相切磋武藝。比試雖出拳踢腿，也只是點到為止，以武會友而已。可是武強卻來真的，為的是想報先前張教頭出面干涉之仇。張教頭的武藝雖比武強高，年紀大了，勁力不足，最後被武強所傷。

這事被咱知道後，咱大發雷霆。武強理虧在先，目無尊長於後，咱把武強打一頓，並逐出家門。隔日，咱攜禮到張家屯村，向張教頭賠不是。三娘與咱爭吵，謂無論如何，都不該將武強逐出家門。三娘認為此事緣由，皆是那張教頭引起，對其異常不滿。

數日後，三娘找上張教頭，欲與其理論。張教頭將事情始末說個明白，好說歹說，婉言相勸，可三娘隻字片語皆聽不進耳裡。三娘一味認定事情演變至此，鐵定是張教頭在背後唆使。三娘越說越氣，最後掄起刀，砍向張教頭。張教頭初始不願對戰，後迫於無奈，勉強應戰。兩人對戰數十回合，兩敗俱傷，張教頭中了數刀，三娘卻是重傷。張家人把三娘送了回來，並將事由說了一遍。

唉，咱聽完後，只有一句話：真是作孽！這事不能怪張教頭，是非曲直自有公論，咱還真對不起他。咱也不想去找張教頭，冤冤相報何時了，更何況咱理虧在先。咱向張家人賠不是，人家也不願追究。幾日後，三娘不幸傷重而亡，咱請槓房好生安葬三娘。

就這樣，維揚武館僅剩咱一人，平日教教拳術，過著清淡的日子。咱也不知武強流落何方，想必淪落他鄉，不打算再回來了吧？

誰知四、五年後，武強回來了，而且還攜妻帶二子，真讓咱喜出望外。武強媳婦姓莊名秀蘭，二子老大叫金櫟，老二喚金杞。這二子年幼，吐字不清，叫咱「阿家」，哈哈！

武強回來後，不見娘，卻見神明廳供俸他娘之牌位，問咱發生甚麼事，為何娘會身亡？咱只含糊其詞說，他娘染上風寒，醫藥罔效，不幸身亡。武強不相信身體一向健朗的娘，怎會抵不過風寒，四處打聽，左右鄰舍皆不願相告。但最終仍讓武強打聽出事情原委。

咱曾與秀蘭閒談，問是如何與武強成親生子的。秀蘭說，她爹在汝寧府商城縣遇見武強，當時武強正與人比武。武強勝了那人後，洋洋得意。咱爹笑了笑說，雕蟲小技還拿出來獻寶，真是牛不知角彎，馬不知臉長。

武強聽到這話後，找爹比武。爹只用兩招，便把武強打倒在地。武強看出爹身懷絕技，於是拜爹為師。爹原本不收徒弟，武功只家傳，見武強一表人才，遂答應武強的請求。武強隨爹回家習武，我與武強朝夕相處，情愫漸生。爹看出後，便將武強招入贅。三年後，爹病亡。武強因離鄉甚久，想落葉歸根。兩人商量，便攜二子一同返鄉。

秀蘭性情溫順，亦會武藝，得其父真傳。武強能娶得為妻，真是三生修來的福份。可是武強知道他娘亡於張教頭的刀傷後，忍不下那口氣，暗自跑去找張教頭。武強詰問張教頭為何對三娘下重手？張教頭費盡唇舌解釋，武強跟本不信。拿起刀，砍向張教頭，兩人對打起來。可此時的武強已非吳下阿蒙，經其岳父數年的教導，武強的功夫已在張教頭之上。十多回合後，武強殺了張教頭。由於是武強挑戰，兩人比武，張教頭家人雖怨恨，卻也無話可說。

對這事，咱極其痛心，冤冤相報何時了。秀蘭對武強也不甚諒解，謂功夫越高，須像那麥穗一樣頭越低，怎可恃強而為？武強卻振振有詞，說只是一報還一報而已，他殺了娘，我便殺了他。唉，咱只能徒呼奈何。

咱的年紀也不小了，氣力也不如從前，遂將館務交給武強，期盼他能走上正途，用心經營武館。可是武強習性不改，一向恃才傲物，總誇耀其功夫如何如何厲害。閒人順勢挑撥他，說他再怎麼厲害，也打不過他爹。

武強按捺不下閒人閒語，最終找上咱，要與咱比武。見武強日愈囂張跋扈，咱乃接下他的比武邀約。父子對壘，真是家門不幸。更可悲的是，武強的功夫已不在咱之下。咱與他鬥了數十回合後，為他所敗，被他砍斷右手臂。秀蘭見狀，急奔而至，先點咱穴道止住血流，再敷祖傳止血粉，後以白布包紮。秀蘭氣極敗壞地斥責武強，謂其目無尊長，怎可斷父手臂？秀蘭不願再聽武強說詞，不顧武強阻攔，毅然攜二子離家。咱被武強砍斷手臂，自然也無法再待下去，因此想到陝西邊遠地區，過咱的餘生。」

王掌櫃聽了黎蒼的悲慘故事，噓唏不已，道：「真是人倫悲劇，這武強也是可惡，再怎麼說，豈可對生父下如此重手。因他的性情，搞得一家四分五散。」站在一旁聽的馬忠，也搖頭嘆氣。黎蒼道：「唉，事已至此，多說無益，只後悔當初未能好好教導他為人處事的道理，落得如今的下場。」

王掌櫃問：「不知蒼兄今後有何打算？」

黎蒼道：「咱的右手算是廢了，使刀掄棒已不可能。」

王掌櫃道：「蒼兄莫氣餒，咱識得一道士，在陝西藍田山鍾山道觀修行。道士姓嚴名定遠，獨創一手左手劍。咱修書一封，請嚴道士教你左手劍法，或許他日亦有用處也說不定。」

黎蒼道：「如此可真得感謝峰兄相助！」

王掌櫃道：「自家兄弟說甚麼謝字。」

王掌櫃請馬忠拿筆紙硯來，立即著手寫了一封信，並暗中要馬忠準備一個內裝盤纏和乾糧的小包袱。信寫好後封緘，王掌櫃連同包袱交給黎蒼，道：「蒼兄，你可持這封信去鍾山道觀，嚴道士看後必定會教你左手劍法。這個小包袱是咱的一點小心意，讓你在路上用。」黎蒼道：「感謝峰兄體貼咱的不便，又為咱指出一條生路。大恩不言謝，就此別過。」

王掌櫃和馬忠兩人送黎蒼出了客棧，站在門口台階，望著他的背影遠去。馬忠開口問：「掌櫃，您跟這位黎蒼似乎很熟啊。他說您們還幹過幾番大事，到底是啥事啊？」王掌櫃轉頭瞪了馬忠一眼，道：「您老沒啥別的事可幹嗎？」馬忠回道：「有，有事。」王掌櫃道：「有事還站在這裡做嘛？」馬忠尷尬地笑了一笑

日頭升起，君悅客棧的門開了。月兒升起，君悅客棧的門關了。如此開開關關也不知多少回，黎蒼再次踏入君悅客棧。站在櫃檯後的王掌櫃一看見黎蒼，馬上迎了上去，笑道：「許久未見，蒼兒的氣色可比那時來得紅潤啊！」黎蒼道：「這一切全託峰兄之福！」王掌櫃道：「來，這邊落座。」

馬忠從伙房出來，端紅燒魚和陽春白菜給其他客人後，過來打招呼。馬忠道：「黎客官，您的身體越發健朗了，今兒個想吃點甚麼？」黎蒼道：「給咱來碗胡辣湯和兩個肉夾饃」馬忠道：「好嘍，您請稍待片刻。」

王掌櫃開口問：「蒼兒此次去陝西鍾山道觀，有無見到嚴道士？」

黎蒼回道：「有，嚴道士看了峰兄的信後，便說可教咱左手劍法。但因咱早已慣用右手，左手之力較弱，若使用一般長劍，恐怕效力不大。嚴道士特地為咱打造一把左劍棍，雖名為劍棍，實則以竹條編成棍，利於左手

持握。因長度與劍同，故名為劍棍。劍棍兩頭製成劍形，其鋒利與劍相去不遠哪，那劍棍就擱在架上。」

王掌櫃起身，走近兵器架，仔細端詳黎蒼的劍棍，嘖嘖稱奇，道：「這類兵器倒是未曾見過。」待王掌櫃回座，黎蒼續道：「嚴道士的左手劍法的確精妙，咱因使用右手慣了，初始無法掌握左手用劍的訣竅。多虧嚴道士細細教導，咱努力學習，經過一段時日後，終於可以如意運用左手使劍。嚴道士接著傳授咱劍招。咱廢寢忘食，努力苦練，最終有所成。於是拜別嚴道士，嚴道士囑咐得饒人處且饒人。咱明白那道理，功夫愈高，愈要能忍。」馬忠端來兩個肉夾饃和一碗胡辣湯。

王掌櫃道：「如今你的新功夫已成，打算如何處理令郎之事？」

黎蒼道：「咱回去後，先打聽那小子這兩三年來變得如何，再論。若是已改邪歸正，咱便放他一馬，畢竟誰無荒唐少年時？若繼續為惡，咱饒不了他，說不得便要忍痛下手，免得他危害鄰里。」

王掌櫃道：「只是如此一來，你失一子，秀蘭失夫，二子失父，豈不悲哀？」

黎蒼道：「兩害相權取其輕，總比讓他危害鄰里為強。咱家雖三失，卻換來鄰里安寧，咱家也不再成為被鄰里非議的對象。」

王掌櫃道：「或許也只能如此，真是難為蒼兄了。」

黎蒼道：「咱必須回去了結此事，方可對鄰里、秀蘭和那二子有些交代。倘若放手不管，咱必受良心譴責。」

王掌櫃點點頭，道：「蒼兄慢用。」說完，起身，回到櫃檯。黎蒼靜靜地吃著饃，喝著胡辣湯。

黎蒼接近諸城地界時，便趁機打聽維揚武館的近況，入耳之言都沒甚麼好話。有人說，維揚武館已不似當年兩夫妻在時的熱絡情景，用唐朝白居易《琵琶行》詩句形容，那叫做門前冷落車馬稀。黎蒼問那人，為何？那人回說，武館由教頭兒子武強主持，武強目空一切，自認武功高超，但無耐心教徒，動輒打罵，謂之嚴師出高徒。去武館學武藝的寥寥無幾。

另有人言，武強言語寒酸，待人刻薄。武館的傭人受不了武強時常頤指氣使，甚至虐待，早已離開武館。

進入諸城，武強的名聲愈糟，甚麼欺壓善良、地方惡霸、危害鄰里、已非癬疥之疾，而是一大毒瘤等等。甚至有好事者做打油詩一首，曰：

古有周處除三害
今有武強是禍害
若有周處除武強
里人互慶樂嗨嗨

黎蒼聽到鄰里口中的武強竟如此不堪，極為痛心，當下決意，若武強果如鄉人所言，必學那周處除害。黎蒼走回自家武館，見武館一片冷清。此時本應有練武的呼喝聲，誰知竟無半點聲響。入屋查看，各式擺設依舊，屋內無人，想必武強不在家。黎蒼在屋內等候兩三個時辰，始見武強醉醺醺地踏入家門。武強見到老父，表情漠然，也不答話，逕直往臥房走去，躺在床上入睡。

黎蒼坐在廳房等武強酒醒。這一等，直等到隔日巳時武強方醒。黎蒼質問武強種種作為，是否如鄰里人所傳言。武強猶自辯解，謂鄰里人不知好歹，常在他背後非議。來武館學武的學徒，各個笨拙，屢教不會。家裡幫傭的傭人懶惰還偷竊等等。黎蒼聽武強所言種種皆是他人過錯，自己毫無反省之心。武強也不滿其父回家後，一見面即厲聲質問。兩人爭吵起來，武強按耐不住，遂動起武來。

黎蒼暗忖，父子交手本不應該，初始還有相讓之意。可那武強似乎失心瘋般，盡出殺招，似欲置其老父於死地。黎蒼無奈，只得使出左劍棍法，七八招後殺了武強。黎蒼淚流滿面，畢竟是自己的兒子，雖多有不忍，但為鄰里故，不得不下殺手。

黎蒼坐在武強屍首旁，思索良久。除了請槓房安葬武強外，應去商城將秀蘭與其二子找回。主意既定，黎蒼便去辦事。

這日，黎蒼攜二孫來到君悅客棧。馬忠見兩兄弟烏溜溜大眼睛，東張西望，對客棧內的擺設相當好奇，尤其一直盯著掛在牆上的大算盤。王掌櫃道：「兩位小兄弟對大算盤頗有興趣，以後要不要來店裡當掌櫃啊？」兩兄弟同時答話，兄說要，弟說不要。王掌櫃好奇，問回答要的金櫟，金櫟說：「當掌櫃可以每日賺錢。」王掌櫃笑笑。馬忠問金杞，為何不要。金杞回道：「咱長大後要當大俠。」童言童語把周遭大人逗得哈哈大笑。

六、劍俠南柯

「山林小徑上，持劍男子施展輕功，追逐一名瘦小男子。這瘦小男子的輕功亦不弱，不時回頭張望，嘴角微揚，似乎嘲笑劍客的輕功不過爾爾。劍客加足腿勁，追至不到數尺之遙，劍尖似乎可抵其背時，小徑轉個彎，瘦小男子消失無蹤。

劍客停下腳步，心裡覺得怪異，他怎能憑空消失？劍客四處尋找，並無發現有何異樣，只在左側大樹樹幹下，瞧見一個洞。這洞口也不大，貓犬兔之類的動物進出，殆無問題。但人絕無鑽入洞裡的可能，他怎會憑空消失？

劍客持劍，抬頭仰望，雙眼梭巡頭頂上高處樹枝。有些輕功絕佳的武林人士，可以旱地拔蔥，躍上丈許高的樹枝，在樹枝之間輕鬆跳躍。劍客雙眼所及之處，無何異狀。只有山風拂過，樹葉翩翩飛起。

劍客回想方才追逐的起因。適才在山神廟神桌旁休憩，耳聽數人腳步聲往山神廟來，腳步聲止於廟門前。其中有一男子聲音說，這回算你走運，碰上個俊俏書生，大概夠你享用個把月吧？一女子聲音回道，誰說的，人雖長得俊，卻是個癆病鬼，享用這兩個字倒不必了，能採個三兩天，咱家也滿足了。

劍客一聽這對話，頗覺奇怪，立即提一口氣，躍上大樑，趴在樑上，耳目注意下方動靜。這時那些人走入廟內，見是二男一女。那女子長得妖豔，柳眉杏眼，身穿鵝黃單衫，罩一件花色襖，半臂外露，膚色似雪，足穿一雙三寸金蓮花鞋。一男子卻是體胖，黃臉，嘴尖，穿一身棕色袍，腳上一雙高底皂靴。另一男子著褐色單衫，臉黑瘦小，腳穿薄底驍鞋。

那女子說，黃家兄弟，丁家待你不薄，招你入贅，把女兒嫁與你。怎麼才過數日春宵，竟把人家女兒弄得好似油燈枯盡般呦。黃臉男子回道，蕭姊姊妳是明知故問吧？咱修的是千人訣，須採千人元精，才得羽化成仙。咱愚鈍，如今才得五百九十八人而已，離那千人還不知要等到猴年馬月。不加快腳步，怎趕得及八月十五月圓之夜呢？

另一瘦小男子道，蕭姐姐，妳也著實厲害啊！羅村一帶，被妳秋風掃落葉般啃食過，如今那一地帶的男子，年輕力壯的都著了妳的道兒，整日魂不守舍。蕭姐姐笑道，哈哈，誰叫世間男子多好色呦，這怎能怪咱生得國色天香，如嫦娥下凡呢？只是這般辛勞，為的還不是能盡早羽化成仙，也不用受那形體轉換之苦，況且修行多年，盼的不就是這個。

瘦小男子道，老胡曾說過，咱修行之道有二，一是修那千人訣，若五百年之內，採得千人元精，有望羽化成仙。其二是修那羅漢道，在佛寺道觀廟宇駐守千年，日日聽誦經講道，也可羽化成仙。只是千年長，五百短，咱們都走那短路，不時淫樂。不似楊姊姊日日聽和尚念經，守在昭明寺有數百年之久。要是喚作咱們，怕是素得嘴巴都要淡出鳥來。

蕭姊姊嗔道，咱哪有那閒工夫再熬個五百年？世間男子管不住自己的下半身，怎能把事兒怪到咱的姿色上頭？

藏在樑上的劍客聽到這裡，已明白底下三人皆是近年來迷惑附近鄉鎮人心的人形妖怪。據耆老所言，這些人形妖怪乃出沒於鄰近山區的野獸，不知何原因，竟得人形，時時下山引誘村民，甚至遠至縣城作怪。這些妖怪以人形出現，衣著言語和行為舉止皆與常人無異，一般人無法辨識。倘若著了它們的道，心也就被蒙住，輕者失心瘋，重者元神被榨乾，成為一具行屍走肉。

樑上劍客決心為民除害，當機立斷，翻身下樑，喝道，你們這些妖怪，時時為害村民，今日本大俠要為民除害，吃我一劍。劍客使出騰雲劍法，劍氣如滾滾翻騰的白雲，直沖那三人而去。

兩男一女原本在山神廟內自在地談天說地，不料卻見一男子手持利劍，自樑上躍下，還口出狂言，說甚麼要為民除害。三人見男子使出騰雲劍法，便知不好對付，急忙奪門而出。劍客亦奔出廟門，見三人分頭往不同方向跑去，便只跟定那瘦小男子。半途中，劍客曾隨手甩出數枚鐵蒺藜暗器，無奈瘦小男子聞背後破風聲，便扭頭擺腰，極盡閃躲之能事，鐵蒺藜終被他躲過。待追至轉彎處，已不見瘦小男子的蹤影。

劍客追逐無果，踱步轉回羅村耆老家。劍客對耆老敘說方才遇見三個妖怪之事，問耆老可知八月十五月圓之夜有何意義。耆老聞八月十五月圓之夜，臉色微變，趕忙從抽屜取出一本藍得發白的古籍，古籍書皮上寫著《異象誌》三個大字。

耆老對劍客說，這本《異象誌》乃祖傳秘錄，距今已有兩百多年之久。彼時咱家祖上三代曾在朝廷為官，奉命蒐羅各地異象，紀錄之，並彙集成上下兩冊。除朝廷留有一份外，祖上亦曾抄錄一份，吩咐後世子孫永遠家傳，若見異象，當以書中所提之法對付之，或許可解黎民百姓不受異象之苦。

《異象誌》分上下冊，記載異象共三十六篇，上冊關乎天地日月星辰，如秋七月，有星孛入於北斗，此乃不祥之兆，或有災難發生。對應之道為減輕稅賦，與民休養生息。換言之，天命既如此，只能盡人事。下冊記載妖魔鬼怪，如夜叉、牛頭馬面、狐仙、蛇怪、魚女、山精、樹妖等等。

劍客問道，這本《異象錄》可有關八月十五月圓之夜的記載？耆老道，今年逢閏二月，書中記載「閏二月，妖怪生」，亦即每逢閏二月之年，妖怪大舉出籠，作亂人間，為的是能在八月十五月圓之夜，齊聚於太白山山頂，在明月輝映下，吸取星月精華，羽化成仙。這閏二月，每二十年方輪一回。今年恰逢二十年滿，是以附近地區，屢屢出現異象。

耆老翻開上冊辰篇第三回月圓之夜，道，古時曾有大秦使者出使至中國，謂在其家鄉，每逢月圓之夜便有狼人出沒，蓋月圓易使妖怪現出本來面目。耆老以右手食指指著書頁上一首訣，逐字唸給劍客聽：

月圓夜，齊聚夜，太白山頂爭光華

眾妖集，熒惑現，羽化成仙飛昇天

耆老續道，妖怪在凡間修行，法門有一萬八千種，有的以危害人間為手段，有的以默守善道為方法，有的若那苦行僧。無論哪種法門，妖怪一旦具有修行之能力，想必也會追求羽化成仙的境界。妖怪一旦羽化成仙，不僅可解形體生老病死之苦，也不再墮入六道輪迴之中。劍俠欲為民除害，斬殺妖怪，老叟感佩，但對默守善道的妖怪，得饒怪處且饒怪，切莫趕盡殺絕，且留它一條生路。

劍客問，既已知妖怪齊聚太白山頂，為何不招集四方俠義之士，為民解難？耆老回道，劍俠您有所不知，每逢齊聚之日，妖怪便在太白山設置迷障，凡人一旦進入，便迷失方向，最後不知所終。四十年前，老叟祖上曾招集一十八位好漢，前往太白山，然最後僅一位歸來，且神智不清，終日渾噩。二十年前，老叟之父亦曾重金禮聘各地有名拳師前往太白山除妖。月圓夜之后，亦僅有一位歸來，行為舉止蛻變成三歲小兒。妖怪手段之厲害，前所未見。

耆老續道，今年老叟亦曾四處招募勇士，但二十年前之舊事已傳聞各地，至今無人敢前來。唉，只得任憑妖怪在附近地區迷惑人心。

劍客道，耆老甭憂心，俺既仗劍走江湖，行俠仗義，濟弱扶傾乃俺之本色。如今妖怪四處作亂，俺必盡全力，斬殺妖怪，不讓妖怪繼續危害人間。

耆老問，不知劍俠有何打算？

劍客回道，俺趕在八月十五日之前抵太白山腳下，守在上山路口，不讓那妖怪到得了山頂。

耆老道，可若等到八月十五日，為時晚矣，已有無數鄉民受妖怪之害。老叟倒有一計，不知劍俠意下如何？

劍客道，請說。

耆老道，老叟養有一匹駿馬，名叫駕霧，可日行八百里。駕霧具一非凡能力，馬眼可辨識妖怪，馬鼻可聞妖怪氣息。若察覺妖怪，嘶鳴不已，焦躁不安。今將駿馬贈予劍俠，盼望劍俠能為民除害。

劍客道，若能獲贈駿馬，俺感激不盡！俺習之劍法名為騰雲劍法，老叟之駿馬喚作駕霧，騰雲駕霧斬妖怪，盡解百姓蒼生苦！騰雲和駕霧，真是絕配，哈哈！劍客起身，打躬作揖，感謝耆老贈馬！

耆老領劍客到後院養馬場，駕霧迎了上來。劍客看那馬，體壯高大、四蹄強健、身披九花，股有旋毛似日月狀，如日者白晝之光，如月者溫柔之色，真是一匹駿馬，堪比漢時步景，又似唐代九花虬。耆老在駕霧耳旁低語幾句，駕霧似懂人話般，頻頻點頭。耆老道，來，請上馬。劍客右腳跨出，一個墊步，飛上馬背。駕霧前腿揚起，嘶鳴一聲，如飛箭般射出，直往山裡跑去。

劍客騎著駕霧在山林兜轉，在田野狂奔，在野溪追逐，人馬所到之處，妖怪無不四處逃竄。寶劍揚起，騰雲劍法一施展開來，妖怪紛紛中劍身亡，化作一縷輕煙，隨風飄散。劍客騎在馬上，英姿煥發，拍拍馬頭，讚嘆真是一匹駿馬！看看手中寶劍，真是一把神劍！

一日，劍客行至昭明寺，在寺門前下馬，讓駕霧自在吃草去，自個兒信步入寺。一進山門，便見大雄寶殿莊嚴落坐於寺中，耳邊傳來陣陣梵音，似有人在大殿中誦經。劍客邁出右腳，從右門進入，見一老僧盤坐在釋迦摩尼佛前低聲誦經，其後有一位少女，身著銀色單衣，亦盤坐，口中默念。老僧沙啞誦經聲傳入劍客耳中：『…應以天龍、夜叉、乾闥婆、阿修羅、迦樓羅、緊那羅、摩睺羅伽、人非人等身得度者，即皆現之而為說法…』。劍客不明其意，只覺誦經聲聲悅耳。待往少女一瞧，憑藉近日殺妖的敏銳感覺，察覺出這少女似乎散發出一股似人非人，似妖非妖的怪氣。劍客提高警覺，但身處佛門聖地不宜動手，於是緩步退出大雄寶殿，回到山門附近等候。

約莫過了一個時辰，見少女步履輕盈，從山門走了出來，劍客將迎上前去時，駕霧突然從遠處跑了過來，嘶鳴不已。劍客一聽見駕霧發出警戒聲，連忙拔出寶劍，直指少女。少女被他突如其來的一劍，嚇得倒退一步，臉色轉為蒼白，顯得驚惶失措。劍客問，何方來的妖怪竟在佛門聖地出沒？少女呆住片刻，不知該如何開口回答，只聽劍客道，凡妖魔鬼怪俺必斬殺之。右手揚起寶劍，將劈下時，不料從寺中飛出一個木魚，將劍擊歪。擲木魚之人力道之大，震得劍客右手虎口隱隱作痛，險些握不住寶劍。電光石火間，劍客只見一道銀光竄入密林深處。待要動身追逐，眼睛一花，方才誦經的老僧已立在眼前，擋住去路。老僧眼含笑意問，居士將往何處去？劍客回道，俺受附近村民所託，殺妖除魔，以免妖魔危害人間。老僧望劍客一眼勸道，大千世界，有情無情，皆為觀世音菩薩現身教化對象，居士手持寶劍，斬妖除魔，雖有助村民，卻生出許多枉死冤魂。還望居士手下留情，切勿趕盡殺絕，放過自身苦修之人非人。劍客正待回話，只見老僧如一股清風般飄然離去，耳中迴響我佛慈悲之沙啞聲音。

劍客立在原地思索良久，俺乃俠義之士，為民除害乃是俺的職責，豈可因婦人之仁，而讓妖怪危害世間。況且人妖兩界，互不侵犯，若妖已害人，必除妖務盡。主意已決，喚來駕霧，輕聲低語幾句，一人一馬便從小徑進入密林，追逐那道銀光。

行約三里後，見林木較稀處有一房舍，似乎有嬰兒哭聲從屋裡傳出。劍客將駕霧栓在大樹上，躡手躡腳潛行至窗戶邊，以食指沾唾沫，將窗紙潤濡出一小洞，右眼湊近洞口。這一看不得了，只見方才那位少女手中抱一啼哭嬰兒，卻露出詭異笑容，兩顆犬齒外露，森然可怖，似將撕咬手中嬰兒。劍客在窗外大叫一聲，不可，便起身破窗而入。屋中少女被突如其來的破窗聲響驚呆。劍客順勢在地上滾了一圈，起身，揚起手中寶劍，對準少女使出晴天霹靂斬，頓時將少女的頭顱斬下。少女之無頭身軀倒地時，手中猶緊抱嬰兒，好似不讓嬰兒跌落地上一般。滾落在一旁的頭顱開口說，你為何要殺我？

劍客抱起少女手中的嬰兒，說，還好俺當機立斷，不然你這小傢伙可就成了妖怪的嘴上肉，腹中飧了。倏忽之間，少女軀體化為一縷輕煙，一旁的頭顱雙眼望著嬰兒，眼角淌出幾滴淚，隨後化成輕煙，冉冉飄散。

數日後，劍客手抱嬰兒回到羅村。村民一聽到劍客回來，便夾道歡迎，各個額手稱慶，紛紛送上金箔佳釀。劍客到耆老家，耆老已在前院恭候。劍客下馬，與耆老一起進入客廳。待落座後，劍客詳稟殺妖除魔一事，並將嬰兒交給下人。耆老說，劍俠真為村民了卻一番麻煩事，大夥從此可安居樂業過活。

耆老喚其孫女出來，與劍客相見。劍客見那女子面容，直有閉月羞花之姿，沉魚落雁之色，非人間凡品。一雙眼睛失魂地盯著女子看，越看越覺得似曾相識，似乎在某處見過，但一時想不起來。

耆老道，此乃老叟孫女，名叫香蘭，年方十六。老叟有意將孫女許配與您，不知劍俠有意否？

劍客道，俺尚未娶妻，若能得如此嬌妻，真是三生有幸！

耆老道，既然劍俠未有妻室，這樣吧，咱揀日不如撞日，就今日讓你倆拜堂成親如何？

劍客裂嘴笑道，好，好。

拜完堂後，劍客騎著駕霧，左手攬著香蘭蛇腰，意氣風發，想想人生不過如此啊，哈哈哈！正興高采烈時，香蘭忽然開口說，你為何要殺我？

劍客駭然，低頭看左手竟攬著一具無頭女，該女子手中提著自己的頭顱，你為何要殺我六字正是從頭顱嘴中說出。劍客一見此景，嚇得從馬上摔落下來。」

「喂，店小二，店小二，醒醒！」朦朧之間，面前似乎有三個人影，連忙轉醒過來，暗忖誰叫俺。待睜眼看清眼前三人，心裡硌噔一聲，全身起雞皮疙瘩。眼前這三人，二男一女，那女子長得妖豔，柳眉杏眼，身穿鵝黃單衫，罩一件花色襖，半臂外露，膚色似雪，足穿一雙三寸金蓮花鞋。一男子卻是體胖，黃臉，嘴尖，穿一身棕色袍，腳上一雙高底皂靴。另一男子著褐色單衫，臉黑瘦小，腳穿薄底驍鞋。這不就是方才廟中的妖怪嗎？頓時清醒，頭皮卻發麻的馬忠，戰戰兢兢地說：「客官是打膳還是用尖？」

那黃臉男子疑道：「你說啥？甚麼打膳用尖？咱們要去太白山，請問店小二，這太白山如何去？」馬忠竟然嚇得口齒不清，答不上話。這時，王掌櫃恰好進門，見馬忠失神樣，說了他兩句，堆著笑臉回道：「太白山在南陽府西南，離淅川約二十餘里地。客官到太白山有何事？」那女子以妖媚聲回道：「咱們想在八月十五月圓夜，到太白山頂觀星賞月。」

馬忠聽到八月十五月圓夜、星月等語，腦袋一昏，眼前一黑，咕咚一聲倒地。好幾個時辰後，馬忠才轉醒，發現自己躺在床上，之後還病了好幾日呢！

七、行俠仗義

那日王掌櫃送別黎蒼後，馬忠如往常般到了戌牌時分，便關了店門。轉身見王掌櫃仍坐在膳房，獨自飲著酒，兩隻眼睛睜睜地望著掛在櫃檯牆壁上的大算盤和一枝枝的梅花。馬忠不知掌櫃的心裡正盤算些什麼，見掌櫃就這麼看得入神，也不好意思打擾，便躡手躡腳往後院的臥房走去。

王掌櫃看著大算盤，耳朵裡迴響著黎蒼說過的幾個字：當年還幹過幾番大事呢。當年？那是多少年前？該有二十年了吧？或許更久？幾番大事？究竟是幾番？甚麼樣的大事？

王掌櫃腦海浮現出三個人的輪廓，當時各個年輕力壯，英姿煥發，一副天不怕地不怕的模樣。是的，他們的確天不怕地不怕。

三人皆來自窮困的廣東北部山區，樂昌縣沙坪村。日日聽廟口說書先生說三國演義，講兄弟之情，結拜之義。三人於是有樣學樣，也來個搓土為爐，以樹枝代香，結拜為兄弟。大哥叫楊義，二哥叫鄒源德，自己是老三。咱三人每日廝混在一起，偷挖地瓜，爬樹淘鳥窩，野溪捕魚，過著村裡少年的野生活。

一日，廟口來了一個打拳師傅，擺攤賣藝賺點打賞。咱仨也去廟口看了。擠到最前面，蹲在地上，看那師傅口中唸唸有詞，約莫是拳打南山猛虎、腳踢北海蛟龍，還有那少林雙拳震江湖、武當掃腿驚武林。當時真被他給迷住了，兩隻眼睛，不，是六隻眼睛目不轉睛地看著師傅拳打腳踢，大顯身手，甚麼鷂子翻身、鯉魚躍龍門、大鵬展翼、白蛇吐信、童子拜觀音等等。

一套拳打下來，咱仨是無銅錢可打賞，不過卻央求師傅教咱們武功，咱們可烤地瓜、烤魚權充束脩禮。師傅被咱們纏得煩了，便答應教咱們拳法，但他說，不可稱他為師父，因無正式拜師入門。師父說他到處遊玩，江湖之大，一輩子也走不完，不想待在一個地方過久。咱們當時不知道江湖之大是啥意思，咱只識得沙坪村和遠一點的樂昌縣。師父雖然交代不可稱他為師父，咱私底下還是稱他為師父，不然要叫啥呢，總不能稱呼大哥吧。

師父每日教咱們練功和基本拳法，咱們也烤地瓜給師傅吃。那陣子真是無憂無慮的日子，每日就只練拳，聽師父講江湖奇事，聽著聽著，咱們也想學師父行走江湖。每次故事末了，師父總會說，江湖險惡，防人之心不可無。學會拳術，有了一身的武功，不可為惡，必須行俠仗義，濟弱扶傾。

師父教咱們一些日子後，說待在沙坪村已過久，要離開了。咱們問師父要去哪裡？師父說，江湖之大，處處可為家，無處不是家。咱們那時也不太懂這句話的意思，家不是每天待的地方嗎？有人每天換一個家的嗎？

一日早晨，當咱們仨來到每天練功的地方，卻不見師父。咱們待在樹下等了老半天，就是沒見到師父的人影。近午時分，回去隨便扒兩口飯，又跑到練功的地方等。一直等到日頭西下，師父都沒出現。這時咱們才確信，師父真的離開了。咱仨垂頭喪氣地各自回家。

師父離開後，咱仨的練功也沒擱下，該幹啥就幹啥。只是沒有師父在旁，也練不出個啥來。仨人聚在一起商量，如此下去不是個辦法。二哥說，曾聽說書先生說過，那個誰到深山求名師學武功，學成下山後，可是打遍大江南北無敵手。咱們要不要也到深山找名師學武功？大哥說，這主意不錯，咱們明天就走。咱問，往哪兒去呢？除了沙坪村，其他地方咱們又不熟。大哥說，是個好問題，咱們往九峰山去。咱在家裡，聽咱爺說過，九峰山有很多寺廟。咱想，有寺廟就會有人教武功。說書先生不是說過，少室山少林寺武功天下第一嗎？仨人商量後，決定明日巳時在練功處會合，一起上九峰山拜師學藝。

咱仨是偷偷離家的，家裡人都不知道。咱仨是去了九峰山，山裡有些寺廟，但沒有一間寺廟有教人武功。咱仨在九峰山晃了四、五天，肚子實在餓得受不了，只好乖乖回去。回到家，幾乎被打個半死。二哥的家裡有點錢，他爹說如果想學武，就請個武師來家裡教，或去樂昌的武館學，怎會蠢到想去深山拜師學藝？後來，二哥的爹真的請了一位武師來家裡教功夫。大哥和咱也跟著去學，從此咱仨就踏上了學武之路。

那位武師姓蔡名家慶，精蔡家拳和八卦刀。咱們學了兩年後，二哥的爹又請了一位少林寺的俗家弟子姓陳名浪，來教咱們功夫。咱又學了少林的拳棍。有一日，陳師父問咱們想不想學暗器，咱是馬上應好，大哥和二哥只想學光明正大的功夫，他倆以為暗器是雕蟲小技，而且一個暗字，說明這功夫不入流。陳師父笑笑說，功夫無入流不入流之分，只要能防身制敵，都是好功夫。大哥和二哥聽後仍是不願學，只有咱學飛蝗石。飛蝗石到處都有，可說俯拾皆是，取之不盡，學它最是便宜方便。

又過了數年，咱家鄉逢旱災，地上寸草不生，咱跟著爹娘往北逃難，要去投奔南安的親戚。與兄弟們分別也真是不捨，可也沒啥法子。一日到了汝城，實在是餓得受不了，咱去偷摘大戶人家的果子充飢，也給咱爹兩顆。咱娘熬不過飢餓，在半路上作古了，無錢無糧，只好草草埋葬。

好不容易捱到了南安，表親家裡的日子也不好過，多咱倆雙筷子也是多了負擔。咱曾聽蔡師父說，河南武風鼎盛，又是富饒之地，於是便和咱爹商量往河南去。爹說河南太遠，不知道要走到猴年馬月，他那把老骨頭，恐怕還沒到河南就已經散了。等旱災一過，他會回轉老家。咱和爹說，咱想去河南闖闖。爹沒作聲，咱只好和爹待在南安。只是咱的爹也沒熬過這次的災難，娘走後兩個月，爹也走了。一把爹安葬好，咱便踏上往河南的路。

一日走到吉安府萬安，見到路上有兩人廝打著，其中一人的身影看似大哥。咱三步併兩步跑了過去，果真是大哥。驚喜之下，上前幫大哥打退那人。那人被打退後，還罵罵咧咧的，嘴裡不乾不淨。大哥原本還想上前教訓他，被咱拉住，說算了。

咱和大哥坐在觀音廟口，分別述說近來之事。原來大哥和咱一樣，也是躲避旱災，跟家裡拿點錢後，要到河南找出路。走到萬安，遇上小偷，這才和他打了起來。那小偷也會兩三手功夫，一時之間還贏不了。幸好被咱遇上，兩人合力打退小偷，把銀子拿了回來。咱聽到大哥要去河南，異常歡喜，咱也要去河南，於是便和大哥結伴同行。

一日走到吉安，兩人在麵攤吃麵時，見到有一漢子拖著一位女子，邊走邊罵，路上行人無人敢上前喝止。咱問了麵攤老漢，到底是咋回事？老漢小聲對咱們說，莫要多管大戶人家的閒事，地方一霸，咱們是惹不起的。咱聽了很不服氣，這光天化日之下，行徑怎可如強盜一般？正說著時，那女子狠狠咬了漢子手臂一口，漢子怒了，對女子拳打腳踢，打到嘴角都流出血來。咱實在看不下去，撿起一塊小石頭，便往漢子的後腦勺打去。

漢子被石子打中，轉過身來大喊，誰打老子？見路上無人答話，又問了一聲，還是沒人答話。漢子又對那女子拳打腳踢，大哥說，再打下去，恐怕會把人打沒了，於是便出面管事。兩人一言不合打了起來，漢子雖也會功夫，卻沒有大哥厲害。幾回合，便被打倒在地。起來後，惡狠狠地說，會回去找人來，要咱們別走。

咱們扶起那女子，女子連聲道謝，只是聲音發抖。女子說，她本是泰河人氏，因官人向惠民錢莊借錢經營小生意。不料生意不好，錢莊的月息直有四五分，她家根本還不出錢。朝奉說，她家借的錢是以利滾利算，還不出時，該還的錢自然就愈來越多。當鋪圍事跑來家裡，大聲咆嘯，說還不出錢來，便要咱去當傭人抵債。迫於無奈，只得去徐家幫傭。一晃眼三年過去了。這三年裡，每日從早到晚，沒有一刻可歇歇腿。昨日，常總管跟咱說，還要兩年工才能償還所欠債務。這還有天良嗎？咱已做牛做馬三年了，還要再做兩年！

大哥問女子，當初借了多少錢？可有借條？女子回說，當初借了五十兩，寫有借條。大哥一聽，憤憤地說，只有五十兩，卻要勞役五年，這種羊羔利簡直是吃人肉，喝人血，再啃人骨。大哥問，妳可是逃跑出來？女子回，是。

正說話間，方才那漢子帶了徐家武師和五六名家丁來。漢子指著咱倆，說就是他們兩人管閒事。一名武師狀的漢子走上前，問剛剛是你出手的？大哥回，是。武師說，要你多管閒事，接著便出拳，兩人打了起來。其他的家丁也圍了過來，想要出手相助。咱看他們全動手了，咱也沒閒著，便出手相助大哥。那名武師的拳腳還算俐落，家丁可就差了一截，才過了幾回合，全被咱打在地上哀號。武師一看情況不對，本想晃個虛招逃走。大哥看出他的伎倆，虛來實進，一招掃堂腿，把那武師掃倒在地。大哥右腳踏住他的胸膛，惡狠狠地說，以後若再讓咱看到你欺壓善良，咱的拳頭絕對饒不了你，滾。武師和家丁彼此攙扶，狼狽離開。

大哥從包袱掏出五兩銀子給那女子，說這點錢妳拿去，趕緊回家，到別的地方謀生去吧。女子千道謝，萬道謝，急步離開。麵攤老漢前來對咱們說，徐家在地方算是一霸，知縣與徐家有親戚關係，要咱倆趕快上路，別待在吉安，往北走。大哥說，吉安也是個有王法的地方，他徐家能奈我何？老漢說，不與官鬥，快走吧。老漢好意急催，咱和大哥只好上路，往臨江府去。

咱和大哥邊走邊聊，快到峽江縣時，背後傳來紛雜馬蹄聲。咱回頭一看，見馬背上是那個被大哥在大街上掃倒的武師，其後還有多位徐家的家丁。咱看苗頭不對，似乎是衝著咱們來的，想躲也躲不了，就和大哥站在路旁等著。

徐家武師和家丁們很快就追上咱們，看他們各個勁裝打扮，便曉得今日之事很難善了。大哥說，兵來將擋，水來土掩，咱們拚了就是。徐家的人一下馬，也不問話，出拳踢腿掄刀使棒全往咱們身上招呼。咱和大哥也不是省油的燈，跟這批惡徒無須多費唇舌，打就是了。

咱奪過一把腰刀，使出早年蔡師父教的八卦刀法。這刀法多年未練習，起初還有點生硬，後來順暢多了，劈得那些家丁不敢靠近。大哥的對手有點棘手，兩個武師圍攻他，身手甚為了得。咱想盡快殺退家丁，好幫助大哥，只是他們人手眾多，一時之間無法全打退。

恰巧這時有一鏢局車隊往咱們這邊來，帶隊鏢師見前方有人鬥毆，便喊停步，在不遠處觀看。正當咱們越打越焦慮時，有一位年輕鏢師衝了過來，也加入戰局。咱一看，這不是二哥嗎？二哥盱衡全局，先和咱合力打退家丁，再助大哥對付徐家武師。

和大哥對壘的武師，打一套山西劉家短打，大哥使的是剛猛的羅漢拳。大哥出拳，手似流星，身如楊柳，似實而虛。徐家武師的短打力求貼身猛進，手肘膝兼用，快打急攻。兩人交手，初始不相上下，十餘回合過後，大哥略具上風。徐家武師向前貼近，左臂架住大哥的右拳，想以右膝撞擊大哥腹部時，大哥左拳下檔，跳起，鷂子翻身順勢踢出一腿，正中武師胸膛，踉蹌倒退好幾步。大哥跨出流星大步，打鼓似的左右出拳，將武師擊昏倒地。另一個與二哥對壘的武師見勢不妙，想退身，被咱的飛蝗石打中額頭，哀叫一聲。二哥趕上劈了一刀，傷他右臂。

徐家家丁見武師皆被打倒，一時之間也不敢靠近。大哥吼著說，通通滾，不要讓咱再見到，再見時見一個殺一個。家丁們趕緊扶起武師上馬，飛也似地奔回吉安。咱們仨久別重逢，抱在一起，欣喜異常。二哥說，在此地遇見兄弟真是意外，問了緣由。咱對二哥說了吉安之事，也問二哥為何出現在此處？二哥說，他是私幫生意的鏢師，不在固定的鏢局任職。若有鏢局邀請，就跟著車隊護鏢。這一趟護鏢從袁州到建昌，因鏢局人手不足，他便過來幫忙。由此地到建昌，大概還有七八日腳程。二哥要咱們在臨江城隍廟等他，待完成護鏢後，會到臨江和咱們相會。

望著二哥的鏢隊遠去，咱和大哥商量，接下來是否到臨江？大哥想想說，咱們先折回吉安，若他料得沒錯，徐家家丁可能先質問麵攤老漢，再尋找咱們。咱們又回轉吉安。

一到吉安大街，果然如大哥所料。隔壁雜貨攤老闆說，咱們離去後，徐家家丁惡狠狠地問麵攤老楊咱們的去向，老楊推說不知。家丁們一擁而上，拳打腳踢，定要老楊吐出實言。老楊被打得受不了，說咱們往北去。似兇神的家丁把麵攤砸個粉碎，騎馬往北追去。

大哥憤憤道，這徐家真可惡，光天化日之下竟敢行兇，非給他們一些教訓不可。這檔事是從那放高利貸起，於是大哥和咱商議，趁夜色潛入當鋪，將所有的借款條偷出燒毀。若有銀兩，也一併拿走，分給窮苦人家。咱再寫一張字條，警告徐家，若再犯欺壓善良之事，必定嚴懲，字條上畫一枝梅花以為署名。

今日回想，咱教訓徐家那事確實不當，可那時血氣方剛，義憤填膺，哪管得了那麼多。事後，好些窮苦人家一早起床，發現屋裡多了銀子，皆喜出望外。一枝梅盜走借條和銀兩這事傳遍吉安城內外，販夫走卒多稱一枝梅為義賊。想到這，咱們也心安許多，徐家必定是捶胸頓足吧。

約半個月後，咱仨在城隍廟口團聚，找家客棧，喝酒吃菜，暢談往日種種，真是愜意！咱說峽江一別後，咱和大哥折回吉安幹了一番事，之後直接到臨江來。經過沿路村鎮，兩兄弟都會去廟口打拳賣藝求賞錢，多寡不拘，心意到就好。咱在新淦曾有兩三個地方潑皮前來尋事，定要與咱比武。那幾個潑皮沒啥功夫，就是會些蠻力。咱下手也不重，教訓教訓罷了，俗話說強龍不壓地頭蛇，咱也不想和潑皮勾纏。二哥聽了拍掌說，原來一枝梅是你倆啊，還以為是哪位好漢呢。

二哥問今後有何想法？咱說想去河南見見世面。聽說河南習武風氣盛，名師輩出，可開展咱的眼界。大哥對未來倒是沒說啥。二哥提議，咱仨可做私幫生意鏢師，沒有固定東家，幫鏢局護鏢，既可遊歷各地，也可結識武林好漢，還可攢一點銀兩，一舉數得。咱和大哥覺得二哥的主意不錯，於是咱仨就在臨江待了下來，擔任私幫生意鏢師。凡有鏢局前來找人手，都由二哥出面接洽。有時，咱也去莊園、大戶人家當護院。

咱記得有一回，二哥帶了一位老漢回來，說有事要和咱們兄弟商量。老漢姓廖名德，住在萬載縣山區，說鐵山界出了一批土匪，不時到村裡騷擾，搞的日子原本過得平淡的村民們終日惶惶不安。保甲曾去萬載縣衙門求知縣幫忙，哪知那個知縣東拉西扯，就是不肯出兵。村民們無奈，只得各家湊點錢，聘請壯士幫咱們想想辦法。現今只有兩位好漢願意幫忙，可土匪不下四、五十人，各個都兇得很，兩個人怎敵得過？老漢說得是怨嘆不已。

咱仨聽了後，決定幫老漢村裡的忙。老漢說快到秋收了，事不宜遲，必須即刻上路，兩位壯士已先行兩日。咱仨準備準備，便和老漢回村裡去。

咱仨一到村裡，村民們有點失望。有位阿婆說，就這麼點人手，怎敵得過那幫土匪？老漢說，這也沒辦法，諾大的臨江府，就他們仨肯相助。人家是有本事的，讓他們試試也無妨。阿婆說，這事能試嗎？若試不成，咱村不就村毀人亡？老人家們快吵了起來，弄得咱仨有些尷尬。

還是二哥厲害！二哥出面安撫老人家，說咱仨只是來探路的先鋒，幾日後，會有大批人馬前來，請老人家放心。咱一聽這話，心裡懷疑，不過就是咱仨，頂多再加兩個助手，哪來的大批人馬？二哥總是有他的法子，咱也不去說破。阿婆聽了半信半疑，可事已至此，也無他法可想。

老漢領咱仨去和先來的兩位漢子相見，一位是黎蒼，另一是王通，並從自家空出兩間房出來，讓咱們五人住下。咱是頭一次見到黎蒼和王通，彼此年紀相仿，意氣相投，頓時結為好友。黎蒼說，他們先到兩天，昨日曾喬裝成樵夫，去山裡探查土匪窩。土匪窩離此村約有三十餘里，是一個三進的寨子，接著在地上約略畫出各房的所在。黎蒼已定好趁夜火攻的計策，問咱仨可否，二哥以為該計甚妙。大伙商議明日備妥一應器具，亥子之交火攻土匪窩。

那火光直衝雲霄啊！咱們殺進寨裡去時，大小頭目嘍囉都在睡夢中，壓根兒沒想到會有人敢夜晚偷寨。咱們殺傷大半，其餘的四散逃走，咱也不去追。

大頭目和二頭目倒是有些勇，各自拿一把柳葉刀和鐵鐧，與大哥和二哥打了起來，咱、黎蒼和王通四處尋找躲藏的小嘍囉。大頭目的功夫有兩把刷子，一套如意刀法，起初讓大哥討不了好。可大哥畢竟是大哥，他的羅漢刀如同他的羅漢拳般，力猛剛強，殺得大頭目招架不住。二十餘招過後，罷手棄刀。二頭目的鐵鐧就罷了，只是力大，打來無章法。十餘招後，被二哥砍了手臂。

咱抓了大小頭目，對他們說，咱是一枝梅，你們的頭顱先寄著，日後膽敢在袁州府做那無本錢的買賣，咱一定來取回。土匪們嚇得直點頭說不敢，一溜煙越過山頭向湖廣跑去。咱把值錢的東西裝了好幾輛騾車，天明前運回到村裡。為免土匪跟蹤咱們，事後報復，二哥和黎蒼特地躲在暗處。果真如二哥所料，那群土匪不甘心被劫寨，遠遠跟在騾車後。二哥和黎蒼從躲藏處跳出，又殺了幾個。

回到村裡後，咱們將土匪的財物分一半給村民，其餘的帶回臨江。二哥、黎蒼和王通在村裡多待幾天，以防萬一。半個月後，料想土匪殘餘不會再來，王通願意待在村裡當教頭，教村民們防身武功。二哥和黎蒼與王通告別，回轉臨江。臨走前，二哥跟老漢說，日後若還有事，可到臨江城找咱們，老漢道謝不已。

火燒土匪窩這事，說幹得有多愉快就有多愉快，幫村民剿匪，又結識黎蒼，還得了一筆財富，官府也無從追究起，可有土匪告官的嗎？哈哈！自此事後，咱仨和黎蒼便以一枝梅的名號，做那行俠仗義之事。說是行俠仗義，多半是路見不平，拔刀相助而已。咱沒料想到的是名號響亮了，風波也跟著來。地方惡霸受咱們的氣後，有些自認理虧，不作聲響。有些不想就此罷了，暗地裡往官府送銀兩，歪曲事實，賺得官府行文各地追捕一枝梅。

離臨江不遠的清江縣出了一個有名的孝子丁仲遠，家裡有一老母，年輕時守寡，含辛茹苦把丁仲遠養大。這丁仲遠也不負老母期望，日夜苦讀，通過院試得了個秀才名號。丁仲遠的妻子王氏操持家務，孝順婆婆。一家雖不富有，卻也其樂融融。

清江縣有一大戶人家劉某，生有一獨子劉易，生性風流，喜歡拈花惹草。一日，劉易在市集看上王氏的美貌，回家後朝思暮想，以致生病臥床。

劉某問明原因後，找來飛燕院張媽媽想辦法。張媽媽想出一條歹毒的計策，假造借條誆得衙門將丁仲遠逮捕下獄，並以秀才借錢不還名義，強行將王氏押回劉家。王氏不從劉易求歡，一頭撞死。劉易嚇得不知如何是好，劉家趁深夜將屍首埋在縣城外亂葬崗。丁仲遠一個讀書人，在獄中受不了獄卒的拷打，死於獄中。獄卒編個猝死的理由，草草埋葬了事。可憐的丁家老母自此流落街頭，每日呼兒喚媳。

一日，黎蒼經過清江縣，見丁老母模樣可憐，問了街坊鄰居，鄰人將事情大略經過說了。黎蒼聽後，問怎不告官？鄰人說，劉家與知縣是一家人，知縣乃劉某的表弟，是捐納得來的。黎蒼回來與咱們商量，咱們以為這太無天理，必得替丁家報仇。四人商議後，由咱與黎蒼前去清江，逮了劉易，審問清楚。咱趁夜潛入劉易臥房，亮刀逼他說出事情的原委。這紈褲子弟劉易，一見到白晃晃的刀架在脖子上，馬上嚇得尿褲子，嘴裡蹦不出一個字來。好不容易問出個大概，咱和黎蒼對望一眼，互相點頭，把刀子一抹，不讓他日後再作亂。

咱和黎蒼趕去飛燕院，尋到張媽媽，把她綁去臨江府。既然知縣與劉家沆瀣一氣，一丘之貉，咱就由知府來處理這事。在咱的事先威嚇下，張媽媽一五一十地跟知府說了。臨江知府也算是一個正直的官，審了張媽媽後，遣公差抓來劉某，劉某供出賄賂知縣陷害丁仲遠。知府定張媽媽和劉某死罪，知縣和毆人致死的獄卒充軍。劉家拿出財產五分之一賠償丁母，並安葬丁仲遠和王氏。劉易已死，不再追究，但殺害劉易的兇手必須追緝。於是發下海捕文書，抓拿兇手。

事情到此本應了結，但不知哪個劉家家丁跑去臨江府告發，說正是一枝梅殺害劉易，且盜走劉家珠寶錢財。咱和黎蒼殺了劉易是真，可是咱們一來未打出一枝梅名號，二來分文未取，這事咱又不能出面說明，真是哭笑不得。官府發出捉拿一枝梅的文書，處處可見。這奇的還在後頭。自從發出海捕文書後，各地陸續出現一枝梅犯案的傳聞。有時出現在山東青州，有時在山西平陽，最遠的是在雲南武定。聽說在長沙縣捕獲一名專偷富貴人家珠寶的飛天大盜，縣令硬是把一枝梅的名號安在他的頭頂上，任他如何申辯也不理，最後定他充軍罪。真是個糊塗官啊！

咱們仨和黎蒼當私幫生意鏢師數年後，黎蒼決定去山東發展，或許開個武館也說不定。咱記得那日飲酒餞別，雖說男兒有淚不輕彈，卻還是流下幾滴男兒淚。咱們曾一起出生入死，幹過些事，離別總是傷感，也不知何年能在相見。

黎蒼走後，咱兄弟仨也把咱們的日後想了想。咱還是想去河南。二哥說他出來晃蕩也有好些年了，也見了一些世面。小時候第一位教拳的師父曾說，江湖之大，處處可為家，無處不是家。現今想來，只有父母在的地方才是家，他想回樂昌沙坪村的家去。

一旁靜聽的大哥開口說，他想去看海長得啥模樣。咱和二哥聽了，瞪大眼睛看著大哥。大哥說，他曾給大戶人家當護院，那家人南來北往經商買賣，曾搭船出海。在海上，放眼望去，四週都是水，一望無際，看不到邊。他想知道，到底啥叫做看不到邊。大哥的神情裡有一股咱說不出的想望。

咱仨分別的日子終於到了，喝了三天三夜後，各自帶著家當去想去的地方。咱買了一輛騾車，一人一騾往河南走去。一路上，咱想著，自離開沙坪村後，咱的生活便與舞刀弄槍脫不了干係，今後不想在刀頭上討生活，得找個安穩的活兒過過。

王掌櫃拿起酒壺，想再飲一杯時，發現酒壺裡頭竟一滴不剩，笑了笑。王掌櫃看看膳房，看看櫃檯，看看牆壁上的大算盤，心裡自問，君悅客棧是個安穩的活嗎？王掌櫃拿起桌上的油燈，本想叫馬忠來幫他開門，想想算了，今晚就在掌櫃房裡睡一宿。馬忠已把這裡當作家，這裡何嘗不也是他的家。

八、上古神劍

許州城隍廟廟口西側大榕樹下，是田蘭成評書的一方天地。每逢初一、十五田蘭成便在此地評《說三分》，講《大宋宣和遺事》，說《大唐三藏取經詩話》，連說三日。田蘭成每回在此處評書，前來聽書的百姓們將廟口空地，擠得水洩不通。說到精采處，各個擊掌不已，講到遺憾處，人人捶胸頓足。每回最終那一句「欲知後事如何，且聽下回分解」，每每讓聽書的男女老少不忍離去，頻頻要求田先生能再多說兩句。田蘭成總是拱拱手，道：「感謝看官抬愛，今日就此打住，明日請早。」有時捱不住聽書看官的苦苦哀求，田蘭成會說上《搜神記》中一兩個小故事，聽書人一聽完鬼神怪魅的故事後，方心滿意足離去。

田先生評書時，在江湖做些小生意的，也會來城隍廟周圍擺攤。每到初一、十五評書日，城隍廟有如趕集一般，熱鬧非常。

今日初一，又是聽書的時日，百姓們早已佔滿廟口空地，只空出大榕樹下一小塊方地，中有一桌和一椅，桌上一壺茶。田蘭成來到時，後頭伸長脖子圍觀的百姓總會說：「前頭讓讓，讓田先生過。」面對講桌右側的眾人聽後方呼喊，便左右側身，讓出一條羊腸小徑，讓田先生得以走過。田先生總是客氣地說：「借光，借光」，輕移腳步，以踱步之姿行至講桌。田先生一經過，兩旁群眾自發靠攏，小徑頓時消失無蹤。

每回田蘭成坐下來，必先飲一口茶，潤潤喉，清清嗓子，再開口道：「今日從何說起？」百姓們七嘴八舌回道，上回說到如何如何。待如雀聲般此起彼落的吵雜聲響止歇，田蘭成便道，話說如如何。今日，田蘭成如往常般從「話說如何如何」講起，聽書人跟著田蘭成評書音調的急緩亢沉，一會兒眉頭深鎖，一會兒鬆一口氣，一會兒喜笑開顏。聽書人雖是千般面孔，田蘭成總有辦法把它們弄成一個樣。

都說光陰似箭，聽書時，卻覺光陰如雷電，一閃即逝。五回書，怎就一下子就聽完？田蘭成道：「欲知後事如何，且聽下回分解」。聽書看官正聽得過癮，怎捨得就此離去，紛紛哀求田先生再說個小故事。田蘭成也不掃眾人興致，道：「今日說《搜神記》卷十一三王墓，話說干將莫邪為楚王鑄劍⋯⋯」。田蘭成說到楚王殺了干將，聽書人各個搖頭嘆息。待聽到赤比為父報仇，將自己的頭顱割下，交給俠客時，有人默默擦去眼淚。最後說到俠客也砍下自己頭顱，掉入沸水之中時，各個搖頭嘆息不已，卻又欽佩俠客的俠義之氣。

說完三王墓，田蘭成清清嗓子，收攏摺扇往左手手掌一擊，道：「河南學武風氣鼎盛，武術名家輩出，除拳術外，精兵器者亦所在多有。今日田某左右無事，也來說說上古利劍。各位看官，上古利劍非世間之劍，乃是神劍。古時鑄劍第一名師歐冶子曾為越王允常鑄五把劍，曰湛瀘、純鈞、勝邪、魚腸、巨闕，合稱越五劍。

故老相傳，湛瀘劍能識忠臣良君，最後傳至宋代抗金名將岳飛手中。自岳元帥於風波亭遇害後，湛瀘劍便不知下落。純鈞劍價值不斐，據《越絕書》記載，曾有富賈一方之諸侯願以千匹駿馬，三處富鄉和兩座城池，向越王換純鈞劍。魚腸劍非劍，乃一匕首，專諸將之藏於魚腹中，用以刺殺吳王僚。」

田蘭成說起名劍典故，在場看官聽得入神。會些武藝的，更是心癢難耐，想像自己手持名劍，誅魔除妖的英雄行徑。聽書人當中有一年約四十，狀似商賈的男子，肩揹一個碎花布裹著的長木匣，目視田蘭成，心中盤算方才評書先生所言「千匹駿馬，三處富鄉和兩座城池」究竟何價？莫非富可敵國？男子緩步退出人群，信步往君悅客棧走去。

男子進入客棧，看看兵器架，直接到了櫃檯。

王掌櫃問：「客官打尖？住宿？」

男子道：「住宿，三宿。」

王掌櫃問：「好的，就您一人，或還有他人？」

男子回：「兩人，另一人午後方到。」

王掌櫃又問：「客官尊姓大名，仙鄉何處？」

男子回：「董成，陝西洛城縣。」

王掌櫃隨即在登記簿乙三房欄內，寫下董成，陝西洛城縣等字，隨後遞給董成一把鎖匙，道：「客官，您住上樓乙三房，住宿三宿共三十分銀子。」董成從內袋掏出一兩銀，道：「待會另一人到時，麻煩整治一桌酒餚。」王掌櫃笑嘻嘻道：「好的。您的住房，上樓右拐左手第三間即是。若您需要洗臉水，吩咐一聲就行，您請慢走。」董成揹起木匣，走上樓去。

方才董成在城隍廟口聚精會神聽書時，渾然不知不遠處有一男一女緊盯著他不放。待董成進入君悅客棧，那兩人在客棧外等候，約莫一刻鐘後，兩人也進入客棧，各自將配劍放上兵器架，取下架上的牌子，來到櫃檯。

王掌櫃笑臉迎客，問：「客官打尖？住宿？」

男子道：「咱們住宿。」

王掌櫃問：「幾宿？」

男子看看女子，回道：「先三宿吧，或短或長，看事情幾時辦完。」

王掌櫃道：「好的，不成問題。客官尊姓大名，仙鄉何處？」

男子道：「莫非，浙江寧波，她是咱媳婦，楊四娘。」

莫非與掌櫃說話時，四娘看著掌櫃身後牆上的大算盤，望著算盤周遭畫著一枝枝的梅花，心中有些異樣的感覺。看看掌櫃，覺得歲數應該與爹相近，他莫不是？

王掌櫃在登記簿甲一房欄內，寫下莫非、楊四娘，浙江寧波縣等字，將一把房鎖匙拿給莫非，說：「客官，您住上樓甲一房，住宿共三十分銀子。」莫非從包袱掏出錢給王掌櫃。王掌櫃說：「客官，您上樓後右拐到底，右手第一間即是。待會店小二會端洗臉水過去。您們若有什麼吩咐，直接告訴店小二就行。您們請慢走。」莫非和楊四娘上樓，向甲一房走去。

一進入房內，莫非輕聲對楊四娘說：「方才掌櫃登記姓氏時，瞧董成住進乙三房。咱們可得多加注意，免得那廝把劍給脫手，日後不好追回。」四娘問：「非哥，咱們在客棧裡動手嗎？」莫非道：「客棧人多，非理想之地，最好在城外。但若時機不允，也只好在這裡將事情了結。今日只有咱兩人尋到此地，雖已飛鴿傳書給其他師兄弟們，但不知是否能及時趕到。說不得，咱們只好獨自處理此事。四娘，這幾日趕路，奔波勞累，妳先休憩，咱會多注意乙三房的動靜。」四娘應聲好後，待馬忠端來洗臉水，洗把臉，便上床休憩。莫非倚在房門上，側耳傾聽走廊的動靜。一聽有聲音，便輕開門，露出一小縫查看。

過午，一位漢子走入君悅客棧，將腰刀掛上兵器架，拿了牌子，走到櫃檯，問：「俺是梁志，董成在此嗎？」王掌櫃翻翻登記簿，道：「梁客官，董成已入住乙三房，您是另一位吧？」梁志回道：「是。」王掌櫃道：「您請先上樓，董客官交待整治一桌酒餚，兩刻鐘後，請客官下來用膳。」

梁志上樓，腳步聲引起莫非的注意，打開門縫，瞧見一位年約四十的男子進入乙三房。這時四娘醒了過來，莫非道：「妳醒了，睡得可舒服？」四娘點點頭，問：「乙三房可有動靜？」莫非道：「方才又來一個漢子，恐是他的同夥。這夥人作案，一般都是兩人。已經過午了，他們應該也會下去用膳，咱們也下去膳房」。兩人一起走下樓，馬忠招呼他們坐在角落桌子，兩人要了三樣葷素菜和四個饃，邊吃邊聊，直到董成和梁志下樓後，莫非和四娘便不再言語。四娘不時望望掌櫃這邊，看看牆壁，有時看得入神。

董成和梁志下樓來，馬忠領他們到膳房中間的桌子落座，離莫非有三桌遠。董成依舊揹著那個木匣。兩人的桌上已經擺了四葷三素和兩壺酒。王掌櫃走過來，道：「兩位客官，酒餚已整治妥。這道酸菜魚可是本店的名菜，遠近知名。魚抓自平頂山上湖泊，辣子用了五種，有辣麻辛香鮮，酸菜是自家醃製的。您嚐嚐看，慢用。」

董成和梁志邊吃邊扯些閒話，莫非雖想聽他們說些甚麼，無奈那兩人將聲音壓低，以致聽得並不十分真切。這一頓吃下來，倒也有一炷香的時間。董梁兩人吃得酒足飯飽，便上樓去。莫非見董梁逕直上樓，請店小二過來結算。馬忠說：「兩位用膳共八文錢，請到櫃檯會鈔。」兩人起身，走到櫃檯。

莫非掏銀兩時，四娘看著牆上的梅花，問王掌櫃：「掌櫃您身後這算盤真大，算盤四周畫著一枝枝梅花，莫非掌櫃以為錙銖必較之餘，仍不忘梅花的高雅？」

王掌櫃笑笑，道：「做生意，將本求利。利字當頭，世人雖愛，總嫌有銅臭味，畫些梅花去去俗味。」

四娘問：「掌櫃對梅花情有獨鍾？不然若要去俗味，畫上蓮花豈不更妙？」

王掌櫃哈哈笑，道：「楊客官，您還是位賞花大家，花中四君子與愛蓮說都被您用上了。」

四娘道：「梅花迎寒而開，在冷冽寒冬中艷麗綻放，一身傲骨，想必掌櫃早年經歷亦是如此。」

王掌櫃看了四娘一眼，覺得這位姑娘不簡單，道：「楊客官，您不僅飽讀詩書，還會推測過往，真是厲害。咱是有過那麼一段，不過那是多年前的事了。當時年少輕狂，如今歲月卻不饒人，不提也罷。」

四娘道：「若小女子料得不錯，掌櫃您是一枝梅。」

王掌櫃聽到一枝梅這名號，頓時瞪大眼睛，呆住片刻。一回過神，仔細瞧眼前這位姑娘，她的容貌似乎像，像大哥？還沒等王掌櫃開口，四娘道：「咱姓楊，咱爹叫楊義。」楊義兩字一出，王掌櫃一臉驚訝，隨即露出歡喜表情，打量著四娘，口中喃喃自語，真沒想到，真沒想到。王掌櫃連忙走出櫃檯，叫馬忠看顧著，帶莫非和四娘到掌櫃房內入座。掌櫃房位在膳房後，是掌櫃接待賓客談事或休憩的房間。

三人一落座，王掌櫃馬上問：「久未和妳爹見面，妳爹近來如何？」四娘面露哀愁，道：「爹在兩年前因病離世。」王掌櫃一臉不可置信，輕吐一句怎會這樣，不禁流下兩行淚，腦海中頓時從少時結伴學拳想起。四娘與莫非靜靜待在一旁，任王掌櫃沉浸在過往回憶中。

少頃，王掌櫃開口道：「咱和你爹是結拜兄弟，他是咱們的大哥，咱們從小便一起學拳，一起走過乾旱的歲月，幹過一些荒唐事，也做過一些自認行俠仗義之舉，當時就是打著一枝梅的名號。」

四娘道：「咱要稱您為叔父，爹生前常說您們的故事給姪女們聽，咱們聽了非常嚮往。從小，爹就教咱們功夫，說學了功夫既可防身，又可助人。咱家前院種了一株梅樹，爹說他最喜歡寒冬中的梅花，一身傲骨。」四娘說著說著，眼淚也流了下來。

王掌櫃道：「賢姪女，往事已矣，人死不能復生，切莫過度悲傷。妳怎會到許州來？」

四娘：「十六、七歲時，爹將咱許配給寧波莫家，至今已有五、六年。咱到這裡的緣由，還請非哥說了。」

莫非道：「叔父，寧波莫家聽似尋常人家，但若追起莫家之溯源，叔父可知古時干將莫邪？」

王掌櫃道：「但凡習武之人，有誰不知鑄劍名師干將莫邪，莫邪之父歐冶子更是鑄劍第一名師。你姓莫，莫非你是莫邪後人？」

莫非道：「正是，小侄正是干將莫邪後人。先祖干將公喪於楚王之手，赤比公為報父仇，自刎獻頭顱予俠客，俠客最終殺了楚王。赤比公留有遺腹子，經過代代相傳，繁衍至今。赤比公歿後，為避楚國官府追捕，先祖妣乃避居山野。莫家傳至漢代，已發展成為一大家族，甚至有經商致富者。於是利用積累之財富，在浙江寧波置產建田莊，累世至今。

唐代時，先祖莫德公創建尋劍門，立志必盡全力，追回始祖歐冶子與干將莫邪所鑄之劍，故取名為尋劍。尋劍成為後世子孫不敢或忘之祖訓。始祖歐冶子公曾為越王鑄五劍，湛盧、巨闕、勝邪、魚腸和純鈞，又為楚王鑄三劍，龍淵、泰阿和工布。干將和莫邪鑄有雄雌兩劍。莫家子孫歷代來明查暗訪，至今已追回五把利劍，存放於莊園的劍塚內，日夜皆有莫家人看守。這五把劍多為王公貴族的陪葬品，咱們是費盡心思才從盜墓人手中取回。」

王掌櫃問：「盜墓人，此話怎講？」

莫非道：「江湖有一幫派，名曰淘沙幫，淘沙二字來自百年前曾設置之河南淘沙官和汴京淘沙官。這兩官府專責盜掘陵墓，所得珍寶用以繳納北方金國的歲貢。盜墓人素來見不得光，行事極為低調隱密，歷年來從無成群結黨，江湖也未見其名。但不知從何時起，盜墓人彼此互通聲息，似乎已形成一個群體，一般人多不知其名，咱卻稱呼他們為淘沙幫。

淘沙幫內似乎有人專責尋墓，有人打盜洞取物，有人尋找買家。前些時日聽聞楚越之地的古墓相繼被盜。據傳言，盜墓人已經找到純鈞與魚腸兩劍。小侄和四娘追蹤許久，日前終於尋到蹤跡。董成乃淘沙幫一員，因此咱倆人追蹤董成至此。董成肩揹有一木匣，似乎日夜須臾不離。小侄猜測董成肩揹之木匣內，可能裝純鈞與魚腸兩劍。

淘沙幫盜墓，不外乎待價而沽，為的是財。小侄聽聞山西平陽府王永富甲一方，本身不會武藝，但酷愛收藏名劍，不惜重金。王永府中藏有青龍劍、浪劍、玉柄龍、鴨九劍、破山劍、大梁氏劍等歷代名劍。此次楚越古墓被盜，與許與王永有關也未可知。」

王掌櫃聽到兩人這一大段故事，算是開了眼界，對莫家千百年來的堅持甚為佩服。盜墓不僅隱密，而且詭譎，江湖上少有人知。王掌櫃心中有一疑問，問道：「賢侄言，追回的名劍皆是從盜墓人手中取回，難道尋劍門與淘沙幫有干係？」

莫非道：「咱尋劍門與淘沙幫並無干係。淘沙幫以盜墓為生，做的是有損陰德之事，尋劍門不會與之同流合汙。然為打探名劍的下落，迫不得已，只好在淘沙幫內安插眼線，時時打探消息。一探得有名劍被盜出，便想方設法與盜墓人談價。若能以孔方兄解決，那是最好。盜墓人倘若不為所動，說不得，只好兵器見真章。他盜我搶，誰能告到官府去？」

王掌櫃問：「既然如此，賢侄可曾出過價？」

莫非道：「這事頗為棘手。咱們師兄弟曾藉機探過董成口風，也曾重金利誘，但董成口風甚緊，未透露隻字片語，也不為重金所動。咱摸不清木匣中裝何物，也不知最終買主何人，若倉促動手，到時弄巧成拙，反引起更大風波。」

王掌櫃道：「賢侄的顧慮是有些道理。如今你們做何打算？」

莫非道：「小侄必須等到與董成接頭的人現身，才能有動作。幸好董成尚未察覺已被咱們給盯上。」

王掌櫃道：「如此說來，還須等待些時候。」

莫非道：「那是自然。莫家子孫千百年來才找回五把劍，此事急不得。」

三人在掌櫃房談完後，王掌櫃回到了櫃檯，莫非和四娘回甲一房，依然注意乙三房的動靜。董成和粱志一直待房內，未曾出房。

約莫在日入時分，六個勁裝漢子步入君悅客棧，為首之人喚做宋理文。六人見到兵器架上的告示，隨即將隨身刀劍放在架上，取了牌子。馬忠上前迎接，問：「客官，您是打尖或住宿？」宋理文道：「咱們用膳。」馬忠道：「好的，客官這邊請。」

六人落座後，宋理文對馬忠說：「雞牛羊各來一些，兩樣素菜，饃饃餑餑各來十個，外加三壺酒。」馬忠道：「好的，客官您稍坐片刻，酒餚馬上來。」馬忠招呼完這幾位客人時，又進來三男一女。馬忠迎了上去，道：「客官，您得先將隨身兵器解下，放在兵器架上。」四人當中的女子道：「咱們走南闖北也不見這規矩，你這客棧倒是與眾不同。」馬忠回道：「這是本客棧的規矩，您沒瞧見兵器架上放的啥都有嗎？」那女子道：「咱要是不依呢？」馬忠道：「不依者，恕本客棧無法招待。」那女子道：「還有這事！放著銀兩不賺，還把客人給往外攆。」馬忠乾笑兩聲。同行的男子道：「師妹，就別跟店小二抬槓了，咱的肚子餓得前胸貼後背了。」四人將配劍放在兵器架上，那位被稱作師妹的女子瞧見兵器架上還放有兩把本門的劍，知道師兄和師嫂已先來到客棧。馬忠領了四人，坐在六位漢子的隔桌，問過點膳，便進伙房。

膳房客人正用膳時，董成偕同梁志一起下樓來，董成仍揹著長木匣。董成一見到六位勁裝漢子，心中便有些打算，宋理文看見董成揹著長木匣，心裡也有個譜。馬忠領著董成和梁志坐到角落的桌子去，兩人要了兩碗麵和三碟葷素小菜。不一會兒，莫非和四娘也來到膳房，瞥見六名勁裝漢子兀自吃喝著時，雙眉緊蹙；待見到三男一女，嘴角露出微笑，隨即隱去。兩人在四人旁的桌子坐下，點了三樣葷素菜和饃。

有別平日情景，今晚膳房客人皆默不作聲用膳，好似各有心思似的。不一會兒，門口進來兩位開封府的捕快張豹和趙彪。張趙兩人一入門，王掌櫃立即迎了上去，笑容可掬地道：「今日吹甚麼風，竟把開封府兩大名捕送到咱店裡來？快請進。」張豹笑著回道：「王掌櫃可折煞俺兄弟倆了，名捕的捕字，俺是實打實，這名字卻不敢當，俺兄弟倆領皇糧，辦差事而已。」趙彪接續道：「掌櫃的，風吹東南西北，人走五湖四海，貴客棧的酸菜魚把俺兄弟倆給引來了。您瞧，俺這哈拉子都流到地上，成一攤池子了。如果還站在這裡繼續閒話家常，待會淹了您的客棧，可別怪俺兄弟倆啊，哈哈哈。」王掌櫃笑道：「那可不成！到時酸菜魚都游走了，咱客棧只好關門大吉。」王掌櫃領著張趙捕快，在莫非桌旁坐下。馬忠過來問點膳，兩碗胡辣湯、三樣葷素小菜和四個饃。

張豹坐下後，隨意看看膳房內的客人。捕快的利眼加上靈敏的鼻子，立即嗅出膳房內不尋常的氣氛，隨即向趙彪使個眼色。趙彪立馬會意過來，大聲道：「俺這幾日馬不停蹄，追賊追得緊，可把俺雙腿可累壞了。豹哥，你看這賊最終落腳何處啊？若讓他們走出開封府，這事可不好辦。懷慶、衛輝、河南、汝州等州府的捕快兄弟們也追得緊，若被他們搶得頭功，奪了打賞，俺再怎麼想吃酸菜魚，也得等一陣了。」原本衙門捕快不在人多之處談論公事，尤其是抓賊擒盜更不能大聲嚷嚷，以免洩露風聲。但趙彪似乎有意讓膳房內客人聽見似的，說話的聲音大了些。

張豹道：「俺也是想早點抓到那賊，只是那賊特狡猾，行蹤不定，害得俺捕風捉影到處亂繞。不過皇天不負有心人，這日終於有點眉目，俺不是追到這裡來了嗎？」張豹邊說，眼角邊瞄各桌客人，只見兩位漢子的那桌客人似乎有點神色不安，眼光不時往這邊飄移過來。

董成和梁志見捕快進客棧用膳，原本並不在意，直到聽了張趙兩人所言，心中暗忖，莫不是已走漏風聲，不然鄰近州府的捕快為何四出緝賊？董成望向六人那桌，見他們神色自若，自顧自地吃喝著，一副事不關己的樣子。董成和梁志兩人對望一眼，眼裡透露出猶豫的眼神，走或不走？

宋理文那桌對捕快所言置若罔聞，捕快追賊原本就與他們無關，明面上他們只是路過許州，因天色昏暗，順道進來客棧用晚膳而已。不過宋理文心中卻有另一番思量。這趟許州行，乃前些時日接下晉商王永之聘而來。那日王永親到鏢局，許以重金一百兩，從許州護送一批貨物回山西富陽。王永告訴他，若在君悅客棧見有人揹著長木匣，便可上前問「劍歸何處」，那人若答以「平陽王府」，便可將貨物帶回。貨物如約抵達，再賞重金一百兩。

對於王永之聘，他思索良久，畢竟酬金兩百兩非小事。思考再三後，決定接下聘約。這趟護鏢除了他鏢局的鏢師外，特別聘了兩名晉北用刀好手狄陽平和蔣天慶加入護鏢行列。要護送的貨物既是個長木匣，也就用不著鏢車，如此，不用數日即可完成護鏢。只是萬萬沒想到竟在交貨地點，橫空竄出兩名捕快，還嚷嚷著要抓賊，也不知打的是啥主意。

方才董成下樓來時，他一見到那個長木匣，便知要護送的貨物就是它。只是尚未來得及詢問，整個膳房便被這兩名捕快搞得有點僵，現下已不方便再上前問話。宋理文瞧瞧隔桌三男一女和一男一女那桌，看這幾人服飾似乎是同一路的。若是，為何不坐同桌，彼此也不打招呼？他們的目標也是那個長木匣？

莫非聽捕快們大聲嚷嚷，便猜出捕快是在試探膳房內的董成，看他沉不沉得住氣，會不會露出馬腳來。於是心生一計，道：「捕快老爺們說的是，聽說有人連盜多座楚越古墓，得手兩把古劍，想要轉手賣出，也不知是真是假？」莫非這一說真是攪動一池春水，董成聽了更加疑心，張豹趙彪則是哈哈大笑。張豹道：「這位仁兄說的是，俺正是追這樣的賊。只是這賊長相如何，這位仁兄可對俺說嗎？」莫非道：「咱不知那賊長相如何，但聽聞是淘沙幫幹的。這淘沙幫專打盜洞取古物。這次被盜的古物乃是古代利劍，長不過盈尺，放在木匣中剛好。捕快老爺何不問問攜有木匣之人，一問便知有無。」

王掌櫃立在櫃檯後，冷眼瞧膳房的場面，覺得莫非這年輕人真聰明，藉公差之手來解自己的疑惑。在場眾人中，還有一人與王掌櫃有著同樣的心思，那人便是四娘，只見四娘那雙笑盈盈的雙眼鎖住莫非不放。可宋理文卻不做如是想，他的心思多了一層憂心。公差攪入護鏢的貨物，本就是個棘手的問題。對付搶匪容易，要應付公差可沒那麼簡單，一個不小心，有可能被指為是盜匪同路人也說不定。這事難啊！

張豹聽莫非所言似乎意有所指，卻不知他打什麼主意，決定順水推舟，索性查它一查，道：「仁兄所言合情合理，但也不能聽仁兄片面之言，就逮人下獄。這樣吧，俺雖無海捕文書，也不宜在這裡動手動腳，俺們瞧兩眼便了。」張豹此言一出，莫非他們各個興奮之情溢於言表，而董成和梁志越發坐立不安。

張豹看董成一眼，起身道：「在場客人中，角落那桌客人帶有長木匣，可否打開，借俺瞧上一眼？」趙彪也起身，望向董成那桌。董成見捕快衝著他們來，心裡雖波濤洶湧，面色上強作鎮定，道：「有人說東，公差便要往東，咱們還真不知公差究竟是銜命辦事，還是聽人辦事？再者，吾等良民百姓只是攜有長木匣，並無違法鬧事，究竟哪條王法說咱們需打開木匣讓人瞧瞧？」

董成此言一出，張豹差點下不了台，沒想到竟有人敢頂撞衙門公差！莫非則是一派輕鬆，他只是丟出一句話，捕快接著往下說，此後的發展自是與他無關，等著看結果便了。趙彪聽董成這麼一說，公差官威似乎掛不住，帶點怒氣道：「要你打開木匣，你便打開，再囉嗦兩句，便將你等送入衙門。」董成原本想再說兩句，梁志見狀，示意董成稍安勿躁，道：「捕快老爺想瞧瞧咱們的木匣，若這木匣是咱們的，老爺儘管來看便是。只是行有行規，這木匣乃是有人託送，小的不敢擅自隨意打開。木匣裏頭裝啥物，小的也不知。所謂受人之託，忠人之事，小的必須將木匣毫髮無傷送給委託人，其間若有任何閃失，小的實在擔當不起，還請捕快老爺海涵。」

張豹聽梁志的話語，分明就是不想打開木匣，目下自己已是騎虎難下，若不施點官威，可就順了這班刁民的意了，道：「你說這木匣的主人另有其人，何人委託爾等送貨？」梁志心中略一盤算，回道：「平陽王府。」梁志這一招，打的是一石兩鳥之計。平陽王府人盡皆知，希望這四個字可以盡快擺脫捕快的糾纏，也順便說給那六名漢子聽，爾等要護送的貨物在此，必要時爾等也得攪和進來。

「平陽王府」四字一出，張豹臉露疑色，宋理文一臉驚訝，這人竟坦白說出木匣歸處。

張豹問道：「可是山西平陽府王永王老爺？」

梁志道：「正是，王老爺與咱們簽的約本在此，捕快老爺是否要瞧一瞧？」隨即從上衣內袋掏出一個信匣，放在桌上。

張豹道：「王老爺乃有名晉商，富賈一方，平時也樂善好施。不過再怎麼出名，也不得阻擾官差辦案。更何況咱開封府辦案先論證據，再看其他。今日你讓俺瞧一瞧木匣，便可省事許多。若是不讓瞧，到時候送進衙門，看你還有何話說。」

董成和梁志聽了這番恐嚇的言語，心裡轉了好幾折。董成看了梁志一眼，對張豹道：「既然捕快老爺想瞧瞧木匣，咱拿給老爺瞧便是。」說完，解下背後的木匣，放在桌上。正當張豹想起身走過來時，梁志突然起身，抓起木匣，便往樓上竄去。膳房客人見這突如其來的變化，皆呆住片刻，一時之間反應不過來。

還是捕快們見過的場面比較多，趙彪一見梁志竄上樓，便喊道：「盜賊哪裡走！」起步追了過去，卻不防董成也衝了過來，兩人在樓梯前撞個滿懷。這時梁志已上樓，進了乙三房，拿起桌上包袱，便從廊道後窗跳出。董成將趙彪撞開後，也隨即竄上樓，跟在梁志身後，跳出後窗。兩人出了君悅客棧後院，往北急奔。

被董成撞倒的趙彪，幸虧被隨後追過來的張豹接住，否則這一撞的力道不小，怕得傷了筋骨。趙彪罵罵咧咧，嘴裡盡吐髒話，張豹見他無事，也竄上樓。只是這一耽擱，董成和梁志兩人早已跳窗逃去。

張豹下樓來，見膳房只剩莫非和四娘兩人，疑惑地問道：「咦，方才還有幾桌客人，怎麼一下子全走光？」

原來當董成往樓上竄去時，宋理文便已決定盡速離開客棧，追董成去。張豹上樓時，宋理文在桌上丟下一兩銀，輕聲道：「咱們走。」六人動作迅速，疾步往客棧門口去，五人先出門，一人去兵器架，裹起了六人的刀劍，抱著出門。三男一女那桌客人見六人離去，也立即動身出了客棧，追在他們身後。

莫非對張豹道：「淘沙幫狡猾的很，沒想到來這麼一招，可見那個木匣裡頭，定是裝著從古墓盜出的古代利劍。」

張豹一眼狐疑地看著莫非，問道：「你叫啥名字，從哪裡來？聽你的言語似乎知曉其中內情。」

莫非回道：「在下姓莫，單名非字，家居浙江寧波。她是我媳婦，楊四娘。」

張豹道：「浙江寧波離此千里，你遠道而來，且言語不離盜墓一事，莫非與那幫人有關係？」

莫非道：「咱與他們並無關係，咱們到許州，乃因王掌櫃為咱媳婦的義叔，久未曾見面，今日來此探望。」

張豹望向王掌櫃，王掌櫃點點頭，走過來，道：「四娘是俺義兄楊義之女，今早才到此。」趙彪插嘴道：「方才不察，著了賊人的道。幸好俺皮粗肉厚，且豹哥及時拉住，才免傷筋骨。這賊人真是可惡。豹哥，俺們追上去不？」張豹道：「現下天色已暗，俺們先回衙門，明日再做打算。」

開封府捕快離去後，莫非向王掌櫃拱拱手，道：「義叔，咱倆也要追上師弟妹，咱倆先行一步。」王掌櫃點點頭，道：「路上小心。」王掌櫃望著四娘離去的背影，腦海裡浮起大哥的面容，心裡湧起陣陣唏噓。

董成和梁志跳出君悅客棧二樓後窗，落在後院庭中，急切打開後門，便往新鄭方向，一口氣跑出十多里地。董成見背後無人追來，放慢腳步，與梁志道：「方才真險，要是被捕快知道木匣中的墓貨，咱不僅無法對貨主交代，恐怕還得上衙門走一趟。」

梁志道：「方才那個說古墓被盜的漢子，不知何方來歷，似乎知曉咱們的行事，又盯著木匣不放，有意將捕快引導到木匣上。咱們的事好像已經洩漏，或許被他們給盯上，也說不定。」

董成道：「看那一男一女模樣，似乎衝著咱們來。今早在城隍廟口聽書時，便發覺那漢子有意無意往咱瞧。起初也不在意，直到進了客棧後，才發現他倆也跟了進來。午膳和晚膳，他們也在膳房。方才他的一番言語，差點誤了咱的事。幸好咱倆應變迅速，才有驚無險度過。膳房內另有一桌漢子，似乎是貨主遣來接頭的。只是未及詢問，看來咱們只得自個前往平陽。」

兩人說話間，遠處傳來數人的奔跑聲。董成聽見後，連忙拉著梁志躲進路旁的草叢裡。兩人聽見腳步聲由遠而近，離他們數呎之前，停了下來。有一人道：「咱們在此先歇一會，那兩人應該也跑不遠，咱們稍後再追。」一個沙啞的聲音問道：「宋鏢師，咱們為何追那兩人？」那位被稱為宋鏢師的道：「你們有所不知，那兩人身上揹的木匣，正是咱鏢局要護送的貨物。委託之人交代，咱在君悅客棧接了貨物後，必須盡快護送到平陽府。咱已確認過，那兩人確實是此次護鏢的接頭之人。只是被捕快這麼一攪和，若因此而誤了護鏢，那鏢局的臉可就丟大了。」

宋理文正說話間，聽見路旁草叢傳來腳步聲，大喝一聲：「誰？」其他五人迅即以扇形之勢，面對從草叢走出之人。董成從草叢走出來，對眾人道：「是自己人，麻煩各位放下刀劍。」眾人見來人赤手空拳，便將刀劍放下，卻不收起，以備萬一。

宋理文問董成：「閣下是否為接頭之人？」

董成道：「方才咱已在客棧說出密語下句，麻煩閣下說出密語上句。」

宋理文道：「劍歸何處。」

董成又問：「首字是哪個見字？」

宋理文回道：「刀劍的劍。」

董成道：「果真是接頭之人，咱姓董，單名成字。閣下如何稱呼？」

宋理文道：「咱姓宋，山西平陽府永福鏢局鏢師，受王老爺委託，前來許州護送貨物回平陽。方才在客棧，因受捕快攪和，未能和董兄接頭，還望董兄海涵。」

董成道：「方才之事，不必再提。現下咱們已經接頭了，便一起前往平陽府。」

宋理文道：「可董兄身上並無木匣，如何去得了平陽？」

董成道：「這還不容易」，說完便呼叫梁志出來。宋理文等人只見梁志揹著木匣，從草叢中走出來，跟眾人拱拱手。

董成道：「天色已暗，咱們說不得只好趕一段路了。」

眾人正要起步，來路又傳來細微腳步聲。宋理文聽這聲音，知道來人輕功頗佳，暗忖己方眾人多不善輕功，且方才已用力奔跑一陣，再跑下去，鐵定會被對方追上，索性待在原地等候，另一方面輕聲吩咐眾人小心戒備。

須臾之間，三男一女追至，四人成倆倆之勢，所站立的位置，似乎有意封住宋里文等人的來路與去路。為首一人拱手道：「在下姓莫，想借木匣一瞧。」宋理文道：「哦，咱們與閣下恕不相識，豈有初次見面，便想強人所難？」

莫姓男子道：「那木匣內之物與咱莫家有極大關係，或許是咱莫家祖傳之物。若不瞧一眼確認，可就對不起祖先了。」

董成哈哈道：「豈有此理！閣下祖先與咱有何關係，為啥閣下說與閣下先祖有關，便有關？」

莫姓男子道：「此事說來話長，咱簡單說，若木匣內藏有純鈞魚腸兩劍，便與咱先祖歐冶子有關。若不是，咱便就此打住，不再過問，且向你們賠個罪。」

董成和梁志聽莫姓男子的一番話，心中暗叫不好，但也無它法可想，只希望借鏢局之力化解險境。宋理文不曉得此事的來龍去脈，王永也沒告訴他護送何物，只知是一個長木匣，故聽得一頭霧水。

宋理文拱拱手道：「咱是平陽府永福鏢局鏢師，受王老爺委託，護送這批貨物回平陽王府，不知閣下為何有意阻攔？」

莫姓男子拱拱手道：「宋鏢師，咱知道鏢局護鏢，並不過問貨物為何。但你可知，木匣中裝的可能是淘沙幫從古墓中盜出的上古利劍？盜墓乃非法之事，若你知此事緣由，想必不會輕易允諾此趟護鏢。」

宋理文道：「咱確實不知木匣中的貨物為何，但平陽王老爺何人不知，誰人不曉，王老爺所託之事斷然不會與違法亂紀有關。若是，豈不毀了好不容易才建立起來的聲譽？現下咱鏢局既已承接護鏢，將貨物送至平陽王府乃職責所在，咱可不能輕易毀鏢。」

莫姓男子道：「如此看來，一個不願打開木匣，一個不願置身事外，說不得咱們只好刀劍見真章。不過咱話先說在前頭，若木匣中為純鈞魚腸兩劍，打了起來，算是黑吃黑。若不是，咱們定會跟貴鏢局陪個罪。」

宋理文道：「原來閣下打的是黑吃黑的主意啊！咱們護鏢也有些年了，見過的山匪、強盜也有一些。山匪強盜攔路劫鏢總是成群結隊，看你們的模樣倒像是進京趕考的讀書人。你以為憑你們四人，就可以把鏢給劫走？」

「誰說他們只有四人，再加上咱們，不就是六人，與你們旗鼓相當吧？」說話的正是莫非，原來莫非和四娘也趕到。莫非續道：「宋鏢師，咱們追董成和梁志已有些時日了，貴鏢局實在不宜淌這趟混水。若宋鏢師認為職責所在，不能置身事外，咱只好向您說聲抱歉了。」

莫非話聲一落，便動起手來，同門師弟妹如同事先約定般，自尋對手，只有四娘過去截住揹著木匣的梁志。董成和梁志專打盜洞，只會粗淺拳腳功夫，哪敵得過四娘的莫家劍法，三兩下就被四娘制住，兩人一前一後呆立在原地不動。宋理文見梁志被人制住，想抽身前去解危，不料被莫非纏住，脫身不得。

鏢局另有三位鏢師和兩位外聘用刀好手，見四人出劍，也舉刀迎了上去。莫家劍法實在變化莫測，由男弟子使出，劍招快速，經常讓人眼花撩亂，再加上劍氣凌厲，刮得人皮膚生疼。若由女弟子使出，劍走輕盈，看似軟綿無力，劍招中卻藏有厲害殺招。與之敵對，若心生輕蔑，數招後必然中劍。

永福鏢局三位鏢師的刀法不俗，對付一般攔路搶匪綽綽有餘，但面對莫家劍法的凌厲攻勢，十數招後，便顯得左支右絀，只有招架之力，無傷敵之能。倒是狄陽平和蔣天慶兩位外聘好手的刀法有度，劈砍架纏掃一點都不含糊，兩人的刀式沉穩，刀法多變，刀招狠辣，莫家兩名男弟子上前架住，拚盡全力，才打得旗鼓相當。

兩方人馬打得如火如荼，一時之間未能分出勝負，忽然聽得遠處十數匹馬朝此奔來。不一會兒，為首之人已奔至，高喊：「住手。」正當莫非和宋理文等人緩慢停下手中刀劍時，十數匹馬已將眾人團團圍住。莫非見為首之人竟是張豹，原來張豹去許州衙門調了馬快，追蹤他們到此。

張豹和趙彪下馬來，要眾人收起刀劍，並吩咐馬快捉拿董成和梁志，押回衙門聽後審問。張豹對莫非等人也不多話，直接說奉命抓拿盜墓賊，告誡眾人勿插手干預，否則以共犯論處。說完，兩人上馬，連同其他馬快一起回許州衙門。

莫非和宋理文等人見捕快如旋風般到來，又似旋風般離去，各個心中莫明其妙，沒想到事情竟如此結束，一時之間愣在原地。莫非對宋里文等人拱拱手，道：「今日這事已算了結，在下有幸與宋鏢師相識，之前若有任何打擾之處，望宋鏢師海涵。」宋里文道：「你我各為其主，如此相識也是莫可奈何之事。公差既已將賊人押回，咱便可回山西，將此事一五一十告知，再退還約金便了，算是白忙一場。」莫非道：「既然如此，咱就在此別過，後會有期。」宋里文回道：「告辭。」

莫非等人回到客棧，夜已深，見客棧大門虛掩著，露出黯淡燭光。用手一推，瞧見馬忠在膳房打盹。四娘喚醒馬忠，馬忠揉揉眼睛，見是莫非等人回來，道：「王掌櫃要俺在這邊等候，說各位客官晚些便回。」

莫非道：「哦，有這事，叔父真是有心。」

馬忠道：「過夜的客房已經幫各位準備好了，除甲一房外，另有四間客房甲二、甲三、乙一和乙二。客房鎖匙在這裡，請自取。俺要關大門安眠去了。」

翌日早，莫非向王掌櫃細細說了昨晚的事，王掌櫃邊聽邊點頭。末了，莫非道：「純鈎魚腸兩劍連同董成和梁志，已被開封府捕快押回府裡去。今後要再追回已非易事。不過莫家子孫追回先祖名劍，非一朝一夕之功，咱們後世子孫當戮力以赴。」王掌櫃點頭稱許，道：「事在人為，也不急於一時，它日或許有轉機也說不定。」莫非道：「小侄亦如此盼望。叔父，咱們在此之事已了，咱們要回浙江去了，後會有期。」四娘也對王掌櫃說：「叔父，您得保重，姪女回去了。」四娘雙眼含淚跟王掌櫃告別，掌櫃鼻子一酸，道：「回去後，代俺到義兄墳前上香。俺得空，便到義兄墳前奠祭一番。」

王掌櫃和馬忠送莫非等人出了客棧門口，兩人站在門前階梯，望著他們離去的背影許久。

這日，平陽王府門裡門外張燈結綵喜氣洋洋，頗有過年節的味道。王府門前車水馬龍，總管魯直在門前迎客，只要是前來道賀，不管識與不識，皆迎入府內。府內自有人依來客身份，帶至不同客廳入座。王府庭園有一舞樓，每逢節日，便邀請山西四大梆子，到府演戲。這日為慶賀王老爺七十大壽，已連演三日王老爺最喜愛的《空城計》。

近午時分，各廳酒席已座無虛席。慶壽主廳設於百壽廳，魯直在這廳擺下七十桌，被請入這廳上座的來客非貴即富。午時一到，炮聲響起，鼓樂齊鳴，王老爺登上台，說了一些迎賓的客套話，賓客亦齊聲祝賀王老爺子福如東海壽比南山。王府僕人陸續端上魯直精心籌畫的山西十大名菜，舉凡北中南路的各色菜皆有，酸溜肉片、醬汁鴨、燒大蔥、烤白菜卷、鵪鶉茄子和鍋燒羊肉等。這一頓飯直吃到日落西山，賓客們才各自歸去。魯直在門口送客，為每位賓客準備一份山西特有的竹葉青酒權當薄禮。這日壽宴真是賓主盡歡。

王老爺把送客一事交代給魯直，自己則逕往劍廳。劍廳是王老爺最喜愛的去處，每當王老爺待在劍廳時，全府上下除了魯直外，無人敢前去打擾。若無王老爺同意，任何人皆不得進入劍廳，可今日卻有例外。當王老爺入廳時，已有一人在廳內等候。那人見王老爺子入廳來，起身賀道：「恭喜老爺子七十大壽，祝老壽星松鶴長春、日月昌明！」王永道：「田先生，您客氣了。這壽是做給外人看的，魯直說七十的排場要大。您瞧，俺這歲數見過的場面不勝枚舉，哪需要這些排場。只是人情宴需還，就由魯直去安排也罷。俺最喜歡的還是待在這裡，聽田先生講些稗官野史，哈哈。」王老爺口中的田先生即是廟口說書的田蘭成。

田蘭成道：「老爺子真是率性，頗有俠士之風。」

王永道：「俠士以武服人，做生意買賣多的是詭計，兩者無法相提並論。俺雖嚮往俠士之風，無奈少時家裡要俺學籌算和珠算，自此與武術相去漸遠。如今只能在這劍廳，撫劍嚮往，自比為古代劍俠，哈哈。」

田蘭成道：「俠士仗劍行俠義之事，老爺子喜仗義疏財，兩者方法不同，目的一致。況且老爺子因此而結交五湖四海朋友，可比那俠士俊得多了。」

王永道：「田先生真是腳伕的腿，說書的嘴，說出來雲淡風輕，聽起來可就飄然升天咯。」

田蘭成道：「老爺子誇讚，咱愧不敢當。今日除祝壽外，尚要恭喜老爺子又多添了兩件寶物！」

王永道：「兩件寶物能入我劍廳，還不是託您之福。若沒您的謀劃，這事哪能成。」王永目光望向檀木桌上的兩座象牙劍架，一座約五吋高，另一座十吋高。較矮的劍架上，魚腸劍穩妥妥地斜躺著。另一把較長的純鈞劍，安穩地坐落在較高的劍架上。兩把劍全身散發出五色光，光彩奪目，燦爛華麗。

田蘭成道：「《越絕書》外傳記寶劍篇有云，越國相劍名師薛燭聞寶劍之名，忽如敗，有頃，懼如悟。光是聽見寶劍的名字，竟讓相劍名師驚嚇如此。王老爺子，這兩把寶劍可威力無窮，價值連城啊。」

王永道：「當日若非田先生用計，先以貍貓換太子之計，將寶劍調換。再以聲東擊西之計，放出風聲，將覬覦者的目光引向木匣，又委永福鏢局大張旗鼓護鏢，哪能如此順利將寶物送入劍廳。只是董成和梁志被緝拿入獄，這事該如何善了？」

田蘭成道：「老爺卻也甭擔心，此事已交代辦了。俗語說天大的官府，地大的銀。這開封府也非鐵板一塊，況且董梁兩人只是揹個木匣，內裝兩支長短劍，誰又知那是何方名劍呢，哈哈！」

王永道：「田先生果然高明，佩服！」

田蘭成道：「近日探子來報，在湖北荊州江陵探得一座春秋楚國古墓。據咱的推測，該座古墓或許藏有越王勾踐用劍，以錫青銅打造的勾踐劍。據傳該劍曾隨越國公主來到楚國，後被楚王贈與大臣，之後便不知去向。此次咱費了諸多心力，才查得此條線索。不知老爺子有興趣否？」

王老爺子聽得睜大眼睛，笑得合不攏嘴，道：「快快快，錢財多寡不論，幫內眾人隨田先生調用，越快取得寶劍越妙，哈哈哈。」

九、雙棍奇緣

林昭傑扶著甘瑛向君悅客棧走去。甘瑛似有身孕，腹部微微攏起，行走時右手扶著腰，每走幾步便要停下來喘口氣。林昭傑在一旁說，走慢點，要不要喝口水？甘瑛微微笑說，傑哥，我不累，還可以走。林昭傑語氣溫柔說，前面就是客棧，咱們去裏頭歇歇？甘瑛點點頭。

兩人進入客棧，林昭傑將手中長棍放在兵器架上。馬忠見客人入門，便迎上前去，說：「兩位客官您早，打尖或住店？」林昭傑回說：「咱們住店，麻煩店小二給咱們一間上房。」馬忠說：「好的，麻煩客官先到櫃檯登記。」林昭傑扶著甘瑛坐在椅子歇息，自己到櫃檯向王掌櫃報上姓名和來處。王掌櫃在甲一房欄位寫下林昭傑，湖廣谷城。王掌櫃問：「那位娘子是？」林昭傑回說：「是咱媳婦甘瑛，已有身孕。」王掌櫃望向甘瑛，察覺甘瑛的面色蒼白，對林昭傑說：「您媳婦的面色不佳，要不請個大夫把把脈？」林昭傑說：「有勞掌櫃。」

林昭傑過去扶起甘瑛，上樓進了甲一房。不一會兒，濟世堂的吳大夫來到君悅客棧，馬忠迎上前去，領吳大夫到甲一房。片刻後，吳大夫和林昭傑一起下樓來，吳大夫對林昭傑說：「夫人已懷有身孕，宜多休息。俺開藥方，您跟俺到濟世堂拿藥，一日三回煎煮服用即可。」吳大夫跟王掌櫃打聲招呼後，領林昭傑回濟世堂。

這日傍晚，甘瑛服完水藥後入睡，林昭傑下樓到膳房，跟馬忠點了一壺酒和兩碟小菜，獨坐飲酒沉思。王掌櫃從掌櫃房出來見林昭傑一人獨飲，便過來打聲招呼，說：「您媳婦可還好？」林昭傑回說：「還好，服完水藥後已入睡，多謝掌櫃關心。」王掌櫃道：「俺看客官您似有心事，恕俺斗膽問一句，客官為何事心煩？」林昭傑看了掌櫃，嘆了一口氣，起身請掌櫃坐下，說：

「咱乃湖廣谷城人氏，家父林通，咱媳婦甘瑛，她爹甘金城。咱爹和甘瑛爹原是師兄弟，甘瑛她爹入門早些，是為師兄，咱爹是師弟。甘師伯和爹兩人在粵棍名師陳祀門下習棍法。陳祀可說是咱和甘瑛的師祖，他老人家創立的粵棍門，門徒有上百人之多，在湖廣可說是一大門派。所有門徒當中，以咱爹和甘師伯的資質較佳，習棍甚有所得，兩人的槍法也在伯仲之間。師祖爺為了門主傳承，將一百零八點棍法，拆成兩套，教給咱爹的是三十六天罡棍法，甘師伯學七十二地煞棍法。師祖爺的用意是想從兩人中擇一人，日後接手門主的位子，於是時時考察兩人的武藝和人品。

師祖爺分別傳授的天罡和地煞棍法，合起來卻是一套棍法。這套棍法混合著粵棍法中的大圈點和小圈點，剛門和柔門，以及右棍和左棍。其實整套棍法並無分別，如能互為表裡，交互運用，威力自有可觀之處。只是咱爹和甘師伯為顯所學棍法之威，再加上對棍法的領悟各有不同，兩人漸漸走上棍法兩端。咱爹的棍法既繁且巧，為求用力和運勢，以大圈點為要。甘師伯的棍法化繁為簡，將七十二式化為劈、戳、崩、攔、絞和撩，六式一十八招，棍靠身，講求小圈點的敏捷急促棍法。

爹和甘師伯兩人的棍法根源相同，並無軒輊之分。然兩人為博得師父讚許，比試時，毫無相讓，絕不退縮。都說師兄弟比武點到為止，勝負之心一但燃起，誤傷自不可避免。再加上兩人知道師祖爺有意從中選一人接任門主，拚勁猶勝以往。師祖爺見此情狀，雖曾婉言點醒，無奈少年人血氣方剛，聽不懂言外之意，兩人之間嫌隙漸增。

更為糟糕的是兩人同時喜歡上同一位姑娘。這位姑娘住鸞水對岸的羅家村。一日，羅家村舉行二十年一次的打醮，慶安宮前連辦五天趕集活動，熱鬧非凡。師祖爺帶著門下徒弟前往開開眼界。不料在一處捏麵人攤上，咱爹和師伯同時看上捏麵人的女兒，兩人當時還不知道彼此都同時中意這位姑娘。直到有一天，咱爹無意中看到師伯和羅家村姑娘在巒水岸邊土地公廟談天時，才知道師伯也喜歡羅家村姑娘。雖說郎有情，也得妹有意，爹和甘師伯之間的芥蒂總是擱在哪兒。

咱師祖爺身體一向健朗，也無聽說有何痼疾。一日，師祖爺正看著門徒練習棍法時，突然喀血。爹急忙前去請王郎中來醫治。不料師祖爺服完郎中開出的藥方後，喀血更加嚴重，三日後亡故。這突如其來的變故，眾人皆難以置信，各個傷心不已。但事已至此，也無它法可想。待辦完師祖爺的喪事，為了粵棍門的存續，門人七嘴八舌商議門主繼任人選。由於師祖爺生前並無指定接班人，門人討論多日也無結果。

師祖爺亡故與繼任門主兩事本是粵棍門的門內事，沒想到不知從何處跑來一個陳繼，自稱是師祖爺的師弟，要來查明師祖爺的死因，以及拿回門主的位子。這個陳繼說，早些年，他和師祖爺在廣東習棍法，多年後兩人到湖廣地帶教粵棍。兩人努力經營下，習粵棍者越來越多，於是創立粵棍門。原本兩人說好，由他擔任門主，卻沒想到師祖爺用計誣賴他貪財好色，將他趕出粵棍門，霸佔了門主的位子。如今師祖爺已過世，他回來取回原本就屬於他的東西。

原本粵棍門無人相信陳繼的說詞，也無人曾聽過師祖爺提過陳繼這名字。但陳繼說起他和師祖爺的過往時，煞有其事，卻無人能分辨真假。咱爹不滿陳繼說師祖爺用計取得門主一事，大聲喝斥陳繼胡言亂語，更惱他傷害師祖爺的清譽，隨手拿起長棍，便與陳繼打了起來。兩人過手數招後，在場的眾人皆看出陳繼的棍法確實是師祖爺傳授的一百零八點棍法。這下有些人半信半疑，認為陳繼或許真是師祖爺的師弟。至於咱爹至今都不信陳繼與粵棍門有任何關係。

咱爹與陳繼交手數十回合後，甘師伯跳下場，以自己的長棍將兩人的長棍架開，並擋在兩人之中。咱爹惱火甘師伯從中阻擾，大聲指責甘師伯。甘師伯本欲解釋，哪知越解釋，爹心中的火卻越大。原本是爹為維護師祖爺的清譽，想教訓陳繼，最後變成爹與甘師伯之間的對質。這方指責對方偏袒外人，不顧師祖爺的清譽；另一方埋怨這方只顧著衝動，不願了解事情原委。咱爹盛怒之下，落下氣話，出走粵棍門。爹不顧其他人的勸阻，攏了長棍，回房收拾衣物後，便離開保康，去了谷城當私幫生意鏢師，還在縣郊山屯村當村武師，教村民棍術防身，並組了村棍隊，負責維護村子的安危。此後咱爹就在山屯村落腳。

打從咱懂事後，咱爹只叮囑一句話，不得和姓甘的有任何往來。咱曾問為何？爹說祖宗傳下來的祖訓，時代久遠，已經無人知曉原因，遵守就是。咱少不懂事，既然爹這麼說，咱時時記得便是。只是老天似乎有意捉弄人，咱偏巧喜歡上姓甘的姑娘，此人就是甘瑛。

一日，咱去保康辦事。在城西登甲巷，見幾個潑皮正在調戲一位姑娘。那位姑娘大聲喝止，潑皮似乎越發高興，最後雙方動上手。姑娘空手敵潑皮，雖身手不俗，卻敵不過潑皮一擁而上，死纏爛打。咱見狀，趕上前去，憑著手中長棍，打得潑皮落荒而逃。咱解了姑娘之危後，彼此互通姓名，才知道姑娘姓甘。掌櫃您說，天下竟有這般巧的事！

咱回家後，也沒向爹提起，就當作沒發生過一般。幾個月後，咱又去保康，在觀音廟前看到甘瑛正走出廟門，真是喜出望外。咱上前和甘瑛打聲招呼，話話家常。沒想到兩人年齡相近，都習棍法，這一說竟說了個把時辰。兩人正要道別時，正巧碰上先前欺侮甘瑛的那幫潑皮。那幫潑皮見到咱和甘瑛，不僅沒逃，反倒亮出匕首，圍了過來。咱看情形不對，將手中長棍遞給甘瑛，去廟門旁拿了一根木棍。

七八個潑皮把咱們圍住。原本廟前還有些進出的香客，一見此情景，人人躲得遠遠的。咱們和那幫潑皮免不了一打，只是沒想到，咱的木棍竟和甘瑛的棍法配合得天衣無縫，好像兩人已經對練過數百回。那幫潑皮雖有匕首，也還不是咱們的對手，被咱們打得落荒而逃。儘管邊逃邊口出惡言，料想日後見到咱們應該會躲得遠遠吧，哈哈。自此一戰，咱和甘瑛互有好感，情愫漸生。只是咱一直未敢對爹說。如此過了兩三年。

一日，咱娘說咱年紀老大不小，該娶親了，想介紹谷城左家廟村左教頭的女兒給咱認識。咱一聽頓時驚慌，甘瑛已住在咱的心裡，怎還容得下另一位姑娘？咱硬著頭皮，和盤托出甘瑛的事。沒想到爹聽完後，勃然大怒，罵咱為不孝子，要把咱趕出家門。咱又多說了兩句，爹氣得掄起長棍，把咱打出家門。

咱去保康找甘瑛，將咱爹的主意說了。甘瑛聽完，眼淚嘩啦啦地流。甘瑛認定此生非咱莫嫁，兩人商議後，決定一起離開湖廣。咱趁著爹外出，回家跟娘說了。娘雖不捨，卻也成全咱和甘瑛的事，叮囑成家立業後，務必回來。

數月前，咱和甘瑛離開湖廣，欲往山東。咱聽聞山東民間尚武，拳術怕有十數種之多。咱可當武師、護院、教粵棍，尤其甘瑛可教女子習棍，生路自當不成問題。上路後，咱倆邊走邊玩。每到一地廟口，便在廟口耍棍賣藝求打賞。有打賞自然是好，無打賞也無關係，交交朋友，見見世面。有那麼幾回，大戶人家瞧見咱的武藝不錯，便邀請上門當護院，少則兩三天，多則十天半個月。這一路走來也頗為順遂，未曾遭遇甚麼危難之事。三個月前，甘瑛發現已有身孕，咱們在路上停留的時間較多，不急著前往山東。今日方來到許州，投宿貴客棧。」

林昭傑一口氣說完上一代的牽扯與這一代的情緣。王掌櫃聽完，略一沉思，說：「如此聽來，上一代之間可能有些誤會，您們這一代或許可化解也說不定。您們到山東後，除了教棍術外，可有其他打算？」

林昭傑說：「咱在山東舉目無親，目前尚無打算，只得見招拆招。咱等甘瑛身子好些，再動身前往也不遲。」

王掌櫃說：「這樣吧，俺修書一封，您拿著俺的信，到山東東昌府找忠恕武館黎教頭。看在俺的胖臉上，黎教頭會先安置妥您倆。您媳婦有身孕，不宜長途跋涉，雇輛騾車去吧，車資不用愁，俺識得車老大。」

林昭傑喜出望外，說：「沒想到掌櫃真有俠義之風！您的恩情，小弟銘記於心，沒齒難忘。」

王掌櫃說：「您這是說哪話呢？出門在外，行走江湖總有不便之處，互相幫忙幫忙而已。」

甘瑛在君悅客棧休息三、四日後，覺得身子好了些。這日下樓來，想和王掌櫃道別，動身前往山東。甘瑛說：「這幾日多虧掌櫃照顧，傑哥已將諸事說與咱聽，掌櫃仗義，甘瑛終身難忘。」王掌櫃說：「小事一樁，不必掛在心上。到山東，好自營生。來日有喜訊時，別忘捎封信來。」甘瑛向王掌櫃道個萬福。林昭傑向王掌櫃拱拱手，說：「咱就此別過，後會有期。」王掌櫃和馬忠站在君悅客棧前，望著騾車遠去。

常說一日不見，如隔三秋。這一晃眼，好似一日光景，卻已過了兩個三秋。

這一日，君悅客棧前來了好些人，有老有少。馬忠迎向前，面對來客，初始還認不出來，嘴上說，「這不是，這不是⋯。」正要說出來客的名字時，聽見背後傳來王掌櫃的笑朗聲音，「這不是昭傑和甘瑛嗎？」馬忠裂嘴一笑，「正是昭傑和甘瑛，還帶了兩個孩子。請進，請進」。馬忠將眾人領到膳房的大圓桌落座，問：「客官是打尖或住宿呢？」林昭傑道：「咱們住宿，不過先來點膳。」馬忠說：「好的。」眾人點了幾樣君悅客棧的拿手好菜，馬忠笑嘻嘻地去了伙房。少頃，擺上一桌美酒佳餚。

王掌櫃過來跟林昭傑等人打招呼，昭傑便將該桌的客人一一介紹。原來是昭傑和甘瑛的父母。江湖人士初次見面，無非說些久仰大名之類的客套話。昭傑將六年前王掌櫃的助人恩情，簡要說了一遍，甘金城和林通從座上起身，向王掌櫃道謝。王掌櫃說：「行走江湖，誰無不方便之時？舉手之勞而已，何足掛齒」，又說，晚上他作東，請甘林兩家好好喝上一杯。

這日晚，林甘兩家的娘在樓上哄小孩入睡，甘金城、林通、昭傑和甘瑛在樓下與王掌櫃敘說別後情事。

那日別了王掌櫃，昭傑和甘瑛前往山東。兩人一到東昌府，便持掌櫃的書信去了忠恕武館。不料，黎教頭卻早一日，前去南京鳳陽了。兩人商量，在濮州住了下來。初始的日子並不順遂，個把月後，昭傑憑其棍上功夫，在遠通鏢局謀得鏢師一職。昭傑每次護鏢，少則三五日，多則個把月，家裡只剩懷有身孕的甘瑛，無人照應。鄰居王婆婆隔三岔五會過來幫忙，一再麻煩人家總不好意思。於是辭了鏢師，在濮州開設武館，取名粵棍館。昭傑將三十六天罡棍法，簡化成實用易學的九式棍，取名為林九棍。甘瑛將六式一十八招棍法，去繁就簡，化虛為實，設計出一套適合女子學來防身的棍法，取名甘家棍。甘金城和林通已不是頭次聽聞兩人將棍法簡化一事，可今日再聽，心頭仍是樂。

兩人主持的粵棍館漸漸在濮州站穩腳跟，有點名氣，慕名學棍的人也多了起來，尤其是把姑娘家學武的風氣打了開來。不過，名氣大了，想來比武切磋的也多了。所幸兩人總是以武會友，點到為止，不爭輸贏。

在濮州的日子待久後，昭傑想無論如何應該回家探望兩家的爹娘。於是兩人在三個月前動身，想先到谷城，再到保康。走在路上個把月，未發生過事故，誰知走到離谷城數十里的馬窟山山腳，卻遇上一小股流匪。十餘名匪徒將騾車圍住，車夫早已嚇得抱頭蹲在路旁。昭傑雖奮力抵擋流匪，無奈單棍難敵猴群，而甘瑛在車內護住兩名幼兒，無法出來合力抵匪。在昭傑即將不敵時，恰好一支鏢局車隊經過，流匪見鏢局鏢師人多，自行退入馬窟山。

兩人到了山屯村，見到昭傑爹娘時，昭傑他娘喜出望外，見到兩孫兒更是笑得合不攏嘴。林通卻是一臉漠然，對昭傑六年前不告而別，猶懷怨在心。知道甘瑛就是甘金城的女兒後，更是臉色僵硬，不發一語，逕自向村外走去。昭傑看爹不理不睬，心中難過。還是甘瑛機靈，在華之和寧兒耳邊嘀咕幾句，兩幼兒便小步跑向林通，嘴裡齊喊著：「公，公。」林通耳聞幼稚的喊聲從背後傳來，一怔之下，停下腳步，隨即又聽到小兒跌撲在地上，嚎啕大哭聲後，轉過身來，三步併兩步將趴在地上的寧兒抱了起來，說：「不哭，不哭，乖，哪兒跌疼了？」華之看著公抱起妹妹，也張開雙手要公抱。林通綻開笑容，左攏又抱，一手一個。

昭傑和甘瑛快步過來，雙膝著地跪在爹面前，請爹原諒當年的不孝。林通尚未開口說話，華之和寧兒見父母跪在地上，也掙扎著下來，雖然不知父母為何要跪在地上，以為好玩，也一起跪在地上。林通見此狀，老淚縱橫，說：「都起來吧，起來。」林通原諒了昭傑，也認了甘瑛為他的兒媳婦。

隔日，村裡專作買賣的賈人賈三急急忙忙跑進村子，往甲長家裡去，大聲喊著不好了，不好了。甲長從家裡出來，問：「賈三，咋回事啊？嚷嚷甚麼啊？」賈三跑得上氣不接下氣地說：「很多人，攜槍帶刀，殺了起來……」。甲長聽得莫名其妙，要甲三先緩口氣再說。賈三深深吸了幾口氣說，他運貨去保康販賣，不料快到保康時，遇見一些人驚慌地從保康方向跑了來。一問之下，才知道是長平堡的兵譁變，百多人打進保康，正與守城官兵廝殺中。甲長聽完賈三話後，趕忙要人將此事報給縣衙門，隨即到林通家與林通商量。

林通認為保康離長平堡最近，故匪兵攻打保康。若匪兵得手，接下來不是房縣，就是谷城。村子裡有村棍隊，此刻應嚴守村子，家家戶戶關緊門戶，或者只留村棍隊守住村子，其餘人趕緊撤退入谷城。甲長考慮片刻，說：「好，把村里的老弱婦孺撤到谷城，村棍隊守住前後路口。」甲長隨即招呼村裡老弱婦孺的撤退事宜去。

在一旁的昭傑小心地問：「爹，匪兵正在保康，不去看看甘瑛的爹娘嗎？」

林通說：「此刻去保康，正好撞進守城官兵與匪兵的廝殺中，且咱們人少，去了，恐怕無濟於事。」

昭傑說：「爹，可是甘瑛的爹娘，保康守城或許此刻正需要咱們施以援手，真的不去嗎？」

林通正想說不時，見甘瑛一身勁裝從房內出來，雙眼含淚，一臉憂慮。原來甘瑛已聽聞保康之事，想去保康解爹娘之危。林通瞧見甘瑛裝扮後，說：「傑兒，你和村棍隊守住村口，爹自己去。」

昭傑說：「爹。您不可單獨去，咱們一起去。」

甘瑛立即說：「咱也要去。」

林通和昭傑異口同聲說：「不可以。」甘瑛聽了，眼淚掉了下來。

林通說：「兒媳婦，妳要守住這個家，這個家全靠妳了。爹和昭傑去，咱們會把妳爹娘帶出城的。」

說完，林通和昭傑拿了齊眉棍，去甲長家找了兩匹馬。甲長聽到林教頭要去保康救人，心裡千百個不願，可是無法強留下林通。林通和昭傑隨即騎馬奔向保康。

兩人馳馬到保康時，匪兵已打入城裡。守城官兵和匪兵在巷弄間混戰，兩邊兵士穿著的戎服差別不大，兩人也認不出誰是守城官兵，誰是匪兵。兩人下馬後，林通決定直奔粵棍門，領著昭傑穿街走巷，不一會兒，便來到粵棍門。林通瞧了一眼，粵棍門的門面一如往昔，但門內中庭的棍架卻是空的。這意味著粵棍門人應該協助守城官兵抗匪去了。

兩人聞聲尋找，最終在城北張家屯附近，見到十餘位持刀匪兵圍攻五、六位持棍漢子。兩人一聲大喊，立即衝上前，以掃棍術，直接重擊匪兵的雙腿。由於攸關生死，兩人用盡全力出棍，務必一棍便將匪兵擊倒在地。須臾間，只見三四個匪兵哀號倒地。其餘匪兵見外援來到，原本圍攻之勢，因匪兵倒地而破了一個缺口。被圍困的漢子見此情景，兩人一組，以左右棍術，再打出兩個缺口，破了匪兵的合圍。原本佔優勢的匪兵，心生驚慌，開始四處逃竄。林通喊窮寇莫追，對其中一個漢子說：「師兄，對不住，俺來晚了。」甘金城看了來人一眼，原來是師弟林通，說：「來了就好」，話未說完，吐了一口鮮血，不支倒地。

甘金城醒過來後，發現自己躺在一張陌生的床上，一張他熟悉的臉孔正瞧著自己，那張臉上的表情既擔心又害怕。見到自己醒過來後，一滴滴的熱淚，滴在自己的身上。甘金城太熟悉那張臉了，但也很久沒見過了。甘瑛輕輕叫了一聲爹，甘金城睜大眼睛，虛弱地說：「妳終於回來了。」甘瑛說：「是的爹，不孝女回來了。」說完，眼淚撲簌簌地流了下來。

甘母帶兩位幼兒走進房來，走到甘金城床邊，兩個幼兒齊聲喊公。甘金城一臉狐疑時，甘瑛說：「爹這是女兒的幼兒，大的叫華之，小的叫寧兒。」甘金城喜笑顏開，連聲說好好。

三日後，甘金城已可下床行走。到了廳堂，與師弟林通相見。兩人四手相握，不發一語，一切盡在不言中。林母說：「別光站著，坐下來說。昭傑，你先說。」昭傑將他與甘瑛不告而別，一起出走到山東教棍術一事，仔細說了一番。當昭傑談到兩人將師祖爺傳授的三十六天罡與七十二地煞棍法，去繁就簡，以實代虛，化為林九棍和甘家棍時，甘金城與林通兩人睜大眼睛，一臉不可置信樣。甘金城說：「七十二地煞棍原本就繁複，俺已將它實用化，這甘家棍到底是咋樣的棍法，甘瑛妳演練一遍讓爹瞧瞧。」甘母在一旁說：「甘瑛她爹，你的傷才剛好，咋又要動刀動槍？」甘金城說：「不是俺要練，是讓甘瑛演練一遍，俺瞧個究竟。」甘瑛說：「女子的力道本就比男子弱些，若學七十二地煞棍，恐怕還沒使出幾式，就已被制伏。女兒想，女子學武本就是防身用，而不是上場殺敵。因此，與昭傑討論後，創了一套適合女子學的棍術，遇到危急時可在最短時間內擊退來人。女兒不敢忘本，將這套棍術取名為甘家棍，還請兩位爹爹指教。」

甘瑛說完後，拿起齊眉棍把甘家棍從頭到尾演練一遍。甘瑛雖無用力，只是持棍比劃，甘金城和林通卻可瞧出甘家棍招式中實用、有用和可再改進的地方。甘林兩人看後，鼓掌說好。坐在林母旁的華之，從座椅上下來，說：「公，我也會」，隨即拿了一支小棍，有模有樣地比劃起來。寧兒看見哥哥舞棍，掙脫甘母的懷抱，說我也要，也去取了一支小棍，隨意揮灑。甘林兩家大人看小兒舞棍，各個鼓掌稱讚。

昭傑接下去也把回程的經過詳說了一遍。甘金城問：「那日俺昏倒後，究竟發生啥事？」昭傑說，那日爹爹因傷重昏倒，咱爹便要咱先護送爹爹回谷城山屯村養傷。咱便與粵棍門的一位師兄，帶爹爹從北門出城，回到山屯村。甘瑛去谷城請張郎中前來醫治爹爹。張郎中說，爹爹身上多處刀傷，失血過多，只因一口氣堅持才未倒下去，服藥休息，多加調養便可。幸好爹爹身子一向健朗，加上娘和甘瑛的照料，在床上躺個幾日也就好轉。

甘金城問林通：「跟俺在一起的粵棍門人呢？」林通說：「昭傑走後，俺帶領剩下仍可戰的門人，與守城兵士會合，一起殺退匪兵。幸好南彰與房縣兩城亦派出守城兵士前來，才解了保康之危。事後，俺囑咐門人各自回去整理家園，粵棍門暫時關閉，等風波平息後，再擇日開門。」甘金城問：「長平堡兵士為啥兵變呢？」林通說：「這事俺也不清楚，只聽說是軍餉被扣、長官處事不公，應是積怨已久吧？軍裡的事，誰知道呢？好在事情已經過去了。」昭傑說：「咱們一家得以團圓，得感謝一個人。」甘金城和林通不約而同地問：「誰？」昭傑說：「許州君悅客棧王掌櫃。」

王掌櫃聽到這裡，哈哈大笑，說：「來，咱們乾一杯，喝個痛快！」

十、自渡渡人

上

周家口位於許州東南百餘里，這裡恰好是潁水和沙河交匯處，自古即為南北貨物往來的要道。周家口之所以名為周家口，最早是一個姓周的老漢在此地設了渡口站擺渡，方便來往兩岸旅客渡河。後來兩河的航運漸盛，上下貨物多了起來，來此經商定居的人也跟著增多。原先多數人居住的西岸漸無可居住空地，於是後到的人便移往東岸落腳。起初要坐船到對岸，都把渡口站叫做老周那兒，後來有人乾脆將老周的上下船處稱為周家渡口，再後來便簡化成周家口。隨著人口聚攏，市集興盛，周家口這名字逐漸亮了起來，在周家口擺渡的船家也多了一些。

現今在此地擺渡的船家當中，也有一個姓周的。擺渡的老周約莫五十來歲，頭髮鬍鬚白中雜黑，一張臉被太陽曬得黑紅黑紅，看起來顯得飽經風霜。老周的搖櫓或划槳，附近一帶沒有人比得過他。老周少使蠻力，全靠巧勁。他常說力是最稀鬆平常的，每個人都有，大小強弱不同而已。勁在力之上，必要先懂得出力，才知道如何使勁。而勁要使得巧，非下兩、三年功夫不可。

老周臉上有一道淺淺的刀疤，有人問刀疤咋來的？老周笑笑說，年輕時和媳婦吵架，不小心被媳婦畫上那麼一刀，就這樣留了下來。老周是這麼說，卻沒有人見過他的媳婦，都是老周一人獨忙。

老周待人和氣，嘴上常說兩岸擺渡，渡來渡去渡平安。人生一世，不過就是圖個平安二字。有那麼一兩個喜歡和老周抬槓的客人，對老周說，這安字拆開，是個寶蓋頭宀，其下一個女字，家有一女才是安，要他趕緊找個伴，才能安啊。老周聽了笑笑，搔搔頭說，俺大字不認得幾個，俺只要將人渡到對岸去，不出事就是平安啊。話是這麼說，這一天倒是出了一點事。

這一日，老周臉上蓋著斗笠，正在渡口樹下打呼嚕，突然被一陣急促腳步聲驚醒。老周睜開雙眼，見跑來一個全身是傷的年輕男子，口中猶自喊著：「船家，俺要渡河，快。」老周瞧這人，右手拿刀，一臉驚恐，不時回頭望。老周正狐疑時，男子催促說：「快」，腳步踉蹌上了船。老周正要起身去解纜，又有三個男子從不遠處跑了過來，為首的那位張嘴大喊：「不要讓他跑了，船家，不可載他過河」，邊喊邊把刀子指向老周。一時之間，老周不知該如何是好，一會兒瞧瞧上船的那人，又看看追過來的那三人。這四人身上都帶著傷，好像才經過一番廝殺似的。

頃刻間，那三人已跑到渡船口，而先前那位上船的年輕男子已經躺了下來，可能傷勢不輕吧。

老周站在船前，對那三人說：「人既然已經上船，俺便有責任將人平安渡到對岸去。」

為首那人急說：「咱們好不容易才追到他，今日怎能放他走。」說完便要上船抓人。

老周把身子一擋，說：「客官，俺做的是渡人的生意，請客官莫為難。」

為首那人氣急敗壞說：「船家莫管閒事，讓到一旁去，讓咱上船。」老周心中暗忖，要是任他們上船，把人帶走，那這渡船以後也不用再渡了；倘若不讓他們上船，恐怕他們不會善罷甘休，自己可能會惹禍上身。

老周也沒想太久，把心一橫，說：「客官，你們不是衙門差役，恕俺無法讓你們上船把人帶走。」老周岔開雙腿，立在船前，頗有一夫當關之勇。

那三人見老周不肯讓開，互望一眼，便舉刀向老周砍來。老周情急之下，取了一隻槳，橫擋在胸前，一槳對三刀。三人攻了二十多招，招招都被老周化解掉。老周與那三人並無恩怨，故只擋來刀，無意傷人。三人見久攻不下，再加上老周使的全是防身的招式，便明白老周的用意。為首那人向其他兩人示意，三人同時退了一步，收刀。為首之人說：「既然船家不讓咱們上船抓人，咱們也要渡河。」老周見對方收刀，心想此事應告一段落，萬萬沒想到他們也要渡河，如此一來這岸的恩怨豈不登上彼岸？

老周尚未開口答話，躺在船上的年輕男子以微弱的聲音說：「這船俺包了」，隨即從身上掏出十兩銀子，向老周拋來。老周平常渡一個人過河，也不過就五文錢，十兩銀子可是好幾百人的份啊。老周接過銀子，對那三人拱拱手說：「船上客人包船，渡錢也付了，這趟買賣也就定了，還請三位見諒。」那三人見此情景，已不便再動手，更何況方才已試過老周的身手，今天應該討不了好了。為首那人說：「今日咱兄弟認栽，不過船家你可能不知道自己惹了啥麻煩上身。」說完拱拱手，離去。

老周望著三人離去的背影，咀嚼著最後一句話，心中有點翻騰。隨後想想，他這輩子有甚麼風浪沒見過，也就不以為意。老周熟練地解開纜繩，上船搖起櫓，向對岸搖去。船行到半途，老周不經意地回頭望一眼，赫然見到方才那三人並沒有離去，而是搭了另一艘渡船，跟在後頭。老周思索片刻，讓船順著河水往下走去，不一會兒功夫，抵達兩里外的集馬村。老周趕忙喚醒年輕男子，年輕男子見船已靠岸，對老周道謝不已，邁著蹣跚步伐離去。

跟在後頭的渡船，站在船首的漢子見老周往下游去，敦促船家也往下游走。船家二傻說，這船是渡到對岸，不是到下游。漢子不耐煩地吼，叫你去就去，船錢俺加倍給你便是。二傻無奈只得往下游追去。只是二傻的搖櫓功夫不如老周熟練，老周在集馬村靠岸時，這船才走過半途。等到快靠岸，二傻還費了一番折騰，畢竟不是平時的靠岸點。好不容易可以讓人上岸了，那年輕人早已不知去向。二傻船上三人埋怨二傻的駛船功夫不到家，二傻爭辯說，渡船本就不到集馬村，現下可好，還不知怎麼逆水行舟，才能回到周家口。漢子無奈，只得依約付了船錢，再想辦法回到周家口，顧艘渡船回到對岸。

過了五、六日，老周大概已把這事給淡忘了。接近午時，正打算休息吃點烙餅，見到對岸來了四人，其中一人伸出手臂往他的方向指了過來，嘴巴動啊動的，不知在說些甚麼，似乎是說給旁邊那人聽的。那人聽了，點點頭，也說了一些甚麼。老周見到這四人乘渡船，往他這個方向過來。待船走到半途時，老周認出方才指著他的人，正是前幾日帶人追年輕人的那一人。老周心中起了狐疑，難道他惹上了漢子口中的麻煩？

渡船一靠岸，四人下了船，直接朝著老周走了過來。一個看起來有些年紀的老漢對老周說：「俺叫王康，陳州人，前幾日你是否載一個年輕人過河。」

老周回：「是。」

王康又問：「為何不讓人把那個年輕人帶下船？」老周如實回答。

老漢道：「如此說來，這是你渡船的道義？」

老周說：「是。」

王康問：「你可知他們為何要把那個年輕人帶下船？」

老周說：「不知。俺只知既然上了俺的船，俺便得將人平安渡到對岸去。」

王康嘆了一口氣，說：「你的道義害人不淺啊！」

老周嚇了一跳，問：「俺的道義怎麼害人？」

王康望著悠悠河水，說：「俺說一段緣由給你聽，聽後，你自行斟酌便是。」

王康說，那個年輕人姓沈名修，是一位故人之子，自小由他撫養。沈修的爹早年行事無甚光彩，不提也罷。自他媳婦生了沈修後，就一直不希望沈修將來有一日會步上他的後塵，故託給老朽扶養。後來沈修他爹發生事故身亡，沈修的娘因此抑鬱而終，沈修便一直待在王家。老朽膝下無子，故收沈修為義子。老朽本想讓沈修學經商之道，可是沈修卻偏好武藝，再加上交友不慎，結交一群狐群狗黨，以至於品行，唉，都怪老朽教導無方，日漸走偏。

沈修不時從家裏取錢，供那群狐群狗黨玩樂，吃喝嫖賭樣樣都來。老朽雖一再勸戒，沈修卻當作耳邊風，充耳不聞。漸漸的，沈修手頭上的錢已不夠花用，開始偷竊家裡值錢的東西變賣。更糟的是，沈修看上西街人家的閨女，在狐群狗黨的慫恿下，竟然用計把人家給玷汙了。閨女不堪受辱，上吊自盡。西街人家終日悲憤莫名，要求老朽還他們一個公道。老朽無奈之下，決意大義滅親，必須將沈修送官府嚴懲，於是才聘請武師，務必盡早逮住沈修。經過數日追查，也是沈修自個兒撞進網裡。在外走投無路的他，潛回家中偷錢被發現。於是雙方展開一場廝殺。沈修不敵武師，跑到渡船口來，上了你的船，接下來發生的事，你都知道了。唉，可憐老朽那位死去多年的故友沈童柏，老朽真是有負所託。

初始，老周也只是聽，待聽到沈童柏這三個字，心頭一震，問：「您說您的故友叫啥名字來著？」王康看了他一眼，說：「沈童柏，你與他相識？」老周說：「不，不認識，只是方才沒聽清楚才問。」老周的嘴上這麼說，心裡卻暗忖，俺怎麼不認識，俺和他還有不共戴天之仇。說什麼事故身亡，他是死在俺的槍下。

王康見老周一時心有所思，停頓片刻，繼續說：「如今沈修已不知逃往何處，如果不盡早找到他，走上亡命之路的他恐怕還會鬧出人命。唉，希望他不要像他爹一樣才好。船家，你說你堅持的道義是否害人不淺？」

老周說：「王老，俺不知那年輕人還有這麼一段故事，若是知道了，也不會答應渡他過河。但事已至此，也沒甚麼好說。王老，這事您往後有何打算？」

王康說：「往後？自當再去西街給人家賠不是，至於沈修只能報給官府，由官府去拿人。或許這就是他的命吧。」

王康說完，和隨行的武師一起離去。老周望著王康佝僂的背影，不知怎地，突然想起楊棗，腦海裡也浮起當年慘烈廝殺的情景。記得那一天早晨，雨絲從天上飄了下來，老周帶領一批人準備攻打陝西黃龍縣東郊梁山的強人寨。這事的起因還得從老周加入山西中條山清風寨說起。

老周從小就以俗家弟子身分，在少林寺習武。十八歲時，下山自謀生路。老周當過護院，在鏢局任過鏢師，也參加過武舉考試，或在衙門當過捕快。老周的武藝精湛，可就是當什麼不像什麼，尤其個性不愛受拘束，不喜歡聽命辦事，總與雇主、上司鬧得不愉快。

老周曾在陝西浦城縣衙門當捕快，一日和甄平上街巡查時，見一群潑皮與一綠衣女子廝打。女子身手頗佳，和潑皮打個旗鼓相當。老周上前喝止，潑皮見是衙門捕快，也就停手，嘴巴兀自嚷個不停，說甚麼下回再遇見，定要打得求饒不可之類的逞口舌之能。老周瞪大眼睛，潑皮見捕快老爺發怒，趕緊陪笑臉，溜之大吉。

綠衣女子見潑皮離去，對著老周嗔怒說：「你為何護著那批無賴？」老周一臉不解，暗忖俺幫妳解圍，妳竟指責俺？說：「不得在街上鬥毆，俺見你們互相廝打，出言喝止有何不對？」綠衣女子說：「潑皮藉故尋本姑娘的麻煩，況且出言不遜，本姑娘出手教訓。你擔任捕快，不助民除惡不說，還讓鬧事的潑皮從眼皮下溜走。你這不是護著地方潑皮麼？」老周見這女子伶牙俐齒，不好應付，索性發官威說：「他們都走遠了，妳再鬧下去，信不信俺押妳回衙門？」女子更怒，說：「光天化日之下，咱犯哪條王法，你要押咱？說啊！」老周一時語塞。甄平見圍觀群眾漸多，趕緊打圓場說：「姑娘，事情已經過去了，就算了吧」，接著對圍觀的人群說：「都散了吧，沒事瞧啥熱鬧啊，散了，散了。」綠衣女子還想再說，甄平卻拉著老周趕緊離開。

過了幾日，浦城縣接連發生大戶人家夜晚被盜，珠寶錢財損失慘重之事。大戶人家與官府平日素有往來，逢年過節的例禮更是無缺，珠寶錢財被盜一事，明著暗著都要知縣老爺給個說法。

大戶人家追著知縣給說法，知縣追著捕快要答案，捕快只好靠兩條腿找嫌犯。一時之間，浦城縣的潑皮、無賴、雞鳴狗盜之徒進出衙門好幾趟，搞得捕快差役們疲憊不堪，怨言迭生。知縣老爺催得越緊，捕快們越是心煩，最終是孤家寡人的老周先爆發，不僅對押回衙門的潑皮、無賴等拳打腳踢，還大罵知縣不懂辦案，只知迎合有錢人家。知縣一聽之下大怒，打算把老周革職，還要按上動用私刑、忤逆上司等罪名查辦。

甄平算是老周在衙門內比較可以相處的同僚，聞到風聲後，趕緊跑去向老周示警，要老周盡速離開浦城縣。老周的怒氣尚未消，聽到知縣老爺竟然要抓他，就豁了出去，跑去衙門把知縣打了一頓。一班捕快們跟在他的後頭，假裝出手阻攔。若是真較量起來，眾人也敵不過他的武藝。老周看在同僚的份上，動動手腳演演戲罷了，倒是知縣被打後，躺在床上呻吟了好多日。

出了一口氣的老周，離開蒲城縣，覺得天地雖大，卻無可容他之地，遂往東漫無目的地走著。一日進入山西地界，聽見背後十餘匹馬跑來。老周不以為意，往路旁避了避。馬匹從身旁過去時，老周瞧了騎馬眾人一眼，不料當中有一女子雙眼盯著老周看。不一會兒，女子調轉馬頭，直衝老周而來。女子在老周面前下馬，杏眼圓睜，柳眉倒豎，對老周說：「那日的事還沒了，本姑娘怒氣未消。今日倒好，你自個送上門來。」

老周見一女子騎馬向他衝來，面色一驚，待認出是當日的綠衣女子後，卻有哭笑不得，冤家路窄之感。老周回說：「俺已不幹捕快了，妳說這事要如何解決？」女子聽了，臉色一愣。倒是身旁一位中年漢子開口說：「杏兒，這是怎麼一回事？」原來這中年漢子是馬隊的首領，見到杏兒調轉馬頭時，喊住了馬隊，要他們在原地等候，他則跟在杏兒的馬後。

杏兒將那日與潑皮廝打，遭老周喝止一事說了。首領問老周是真的嗎？老周說是，也把那日的事說了一遍。

首領說：「這麼說來，這事也算是過了，杏兒走吧。」

杏兒說：「爹，那日杏兒是可以教訓那些潑皮的，都怪他從中阻擾。」

老周說：「俺已經說過，俺不幹捕快了，妳想要怎樣？」

杏兒還沒開口，首領倒是問：「你怎麼不幹捕快了？」

老周便將痛打縣太爺一事的前因後果說了，首領聽了哈哈大笑，連說好好。老周和杏兒都不知道首領或者爹笑些甚麼，正狐疑時，首領說：「你跟俺走吧！」此話一出，老周嚇了一跳，杏兒也嚇了一跳。老周自此入夥中條山清風寨。

老周的武藝高強，清風寨雖不乏好手，功夫能與老周並駕齊驅的，數來數去也就只有首領一人。清風寨首領姓楊單名棗，慣用金剛如意刀，早年曾從軍，但在軍中發展不順，看不慣逢迎拍馬、送禮賄賂的官場風氣，遂脫了軍袍，跑到中條山創立清風寨。清風寨雖是強人寨，卻謹守盜亦有道，不濫殺無辜的綠林道理。多年經營下來，清風寨愈發興盛，大小嘍囉已有五百多人。

清風寨所在的中條山，雖在山西西南一偶，但可說是陝西、山西和河南三個布政使司的交界山。這一個地理位置讓清風寨成為三不管地帶，再加上山勢陡峭，林木茂密，官軍幾次前來征剿，全寨上下退入山區深處躲藏。待官軍師老兵疲無功而返後，再行出山。如此數回你來我躲，你退我出後，官軍已數年未曾來過中條山。

然而，陝西境內黃龍縣東郊的梁山，近年出現一支強盜隊伍，各個窮凶惡極，搶人搶錢搶貨，只要看上眼的都搶，遇有敢抵抗者，殺人不眨眼。陝西官軍屢次征剿，屢屢損兵折將，大敗而回。黃龍縣方圓數十里內，聞梁山強盜色變，商旅已不再從黃龍縣東面的澄城、合陽、韓城，或者西面的宜君、洛川經過，而是繞行更東或更西，以避開梁山強盜。這一夥強盜始料未及的是，由於作風太過強悍，反倒讓自己陷入困境，商旅不再經過黃龍縣周遭，強盜們已無貨可搶。為維持梁山山上百多人的生計，強盜頭目遂把目光投向中條山清風寨，隨時準備來個黑吃黑。

這一日，清風寨探得山西平陽府一支官銀隊伍，將從聞喜出發，經過垣曲，越過王屋山後，取道河南懷慶府和衛輝府，進入京師。由於王屋山離中條山不遠，楊棗決定在王屋山截住這一支官銀隊伍。平陽府派出官銀隊伍的消息，清風寨有本事打探得知，梁山強盜自也不例外。但梁山頭目猜想清風寨肯定捨不得丟下這塊肥肉，故設下螳螂捕蟬，黃雀在後之計。等清風寨得手，回程與高采烈之際，從半路殺出，殺他個措手不及，再劫走這批官銀。這個計謀即是梁山強盜二頭目沈童柏想出來的。沈童柏原本是山東響馬，後因響馬隊伍過多，彼此互踩地盤，互相殘殺，遂遠走陝西，另立門戶。

搶劫官銀之計，果如沈童柏所料。清風寨在王屋山截住官銀隊伍，並和護送的官軍廝殺，最後雖取得官銀，本身也有些傷亡。回程時，隊伍走到垣曲南郊毛家灣，遭到一支蒙面強人強行截走官銀。對方人馬雖不比己方多，但各個像亡命之徒般，不要命地砍殺，而己方傷兵多，難以再戰。老周雖奮力殺敵，最終是孤掌難鳴，無法護住好不容易才劫來的官銀。這一仗可說敗得相當徹底，官銀被劫走了，寨裡的人馬多有傷亡。所幸老周逮住一個活口，拷問之下，才知道是梁山強盜劫走官銀的，帶隊的首領為沈童柏。

清風寨一夥人回寨時，各個垂頭喪氣。杏兒跑出來想問個究竟，卻見楊棗擺擺手，不發一語。杏兒瞧瞧跟在他爹身後的老周，老周垮著一張臉，看樣子也是不想多談。眾人到議事廳前，楊粟說，大夥累了好些天，死去的弟兄請祝管家以厚禮安葬，有傷的去藥房讓歐陽郎中醫治，其他人休息去，明早議事廳再議。杏兒見爹不想說，等眾人各自回房後，叫住老周，把他拉到一旁問話。

老周自入夥清風寨以來，因武藝高強，辦事妥當，再加上早年在少林寺學的規矩，故律己甚嚴，甚受楊粟信任。杏兒見老周一派正人君子狀，對他好感有加，相處久了情愫漸生。杏兒著急地問，你們出去辦事，到底發生啥事，怎麼大夥各個垂頭喪氣，而且還死傷多人？老周把事情經過，細細說了一遍，末了說：「梁山強盜來個黑吃黑，真是始料未及。今後我們辦事也要防著梁山那夥人。」杏兒聽完，怒從心頭起，憤憤說：「梁山這群兔崽子也不打聽打聽咱清風寨的名號，竟然敢在太歲頭上動土，咱們嚥不下這口氣，定要討回來。」老周與杏兒相處日久，知道杏兒的脾氣剛烈，此刻不想與她同出一口氣，說：「這事，首領說明日再議，就看看明日首領有何主意再說。」杏兒本想再說兩句，見老周一臉疲憊樣，口氣轉而溫柔地說：「你也累了這些天，好好休息去吧。」

隔日上午，清風寨大小頭目聚集議事廳，眾頭目依次序落座。清風寨分設五寨，除主寨由楊棗擔任外，其餘東西南北寨各有一個大頭目，底下再分設兩到四個二頭目不等。老周雖武藝高強，在清風寨中尚未有任何名號，只因楊棗信任，再加上其餘頭目也景仰他的武功和人品，特准他參與議事。不過，老周只能站在第二排座椅後面。等眾人落座後，楊棗將此次截官銀的意外變故，擇其大要說了一遍，問大夥有何看法。

東寨大頭目劉二說：「此次被梁山那夥人奇襲真是奇恥大辱，俺們務必要連本帶利討回面子，否則日後無法在綠林立足。」

北寨大頭目何野說：「俺不知道梁山的底細，切莫倉促行事，必先探聽對方的虛實，再擬計對付。這官銀得而復失，是一定要討回的來，只是要小心行事。」

劉二說：「那要等到猴年馬月啊？要俺說，明日就起兵攻打梁山，此事一定要速戰速決。拖久了，梁山那群王八羔子都爬到俺們頭上來了。」

西寨大頭目蕭行遠說：「二哥說得對，俺們一定要盡快解決那群王八，俺們已經先吃一頓虧了。目前官銀雖在梁山手中，卻是俺們從官府手中劫走的。在官府眼裡，俺們就是取走官銀的人。俺們雖不懼官軍，卻不能白白吃了這頓悶虧。」

南寨大頭目梁六說：「這梁山到底長甚麼樣子，俺們有誰見過？梁山到底有多少人馬，俺們有誰知道？如果這兩個問題俺們都不知道，俺們轟隆隆大隊人馬過去，是要去哪找人？照俺說，何野哥說得對，俺們要先探得虛實，才好下手。」

楊棗聽了四位大頭目的話，說：「各位兄弟說得都有理，咱們既要討回面子，也要謹慎行事。不如這樣吧，請何野大頭目帶領兩位兄弟前去梁山探虛實，給你們五天時間仔細規劃。等你們回來後，咱們再調兵遣將打梁山。這五天就請各寨準備準備所需要的一切器具。」眾頭目見主意已定，便分頭行事去。

五日後，何野帶了一張手繪的梁山地形圖回來，上頭標畫出路徑、房屋座落等。眾人見圖商議，決定依何野之計，後日出發，大後天卯時打梁山。出發時，未免過於醒目，東西南寨派出的二百人各裝扮成旅人、商賈、販夫走卒等，眾人約定在郃陽城西部水岸邊會合。北寨負責留守事宜。這次出征，原本杏兒執意要同行，但楊棗不允。到了出征日，杏兒只能悻悻然送爹出門，見到裝扮成商賈的老周，便在他的耳邊輕聲說了一句話，老周頓時耳根子紅了起來。

攻打梁山之計不能說失敗。梁山強盜雖料到清風寨會來報仇，只是時間沒算對，以為三日內必來，沒想到是第九日才來，眾人的守備早已鬆懈許多，開始飲酒作樂。當清風寨人馬攻入時，梁山部分強盜還在宿醉中，根本就無法起身應敵，以至於被殺傷大半。雖是如此，計策也未成功，因料到清風寨會來，梁山早把那批官銀轉移到他處，不在寨子裡。

清風寨雖破了梁山強盜，卻未尋得那批官銀。楊棗見尋不著官銀，本想就此罷手，打道回府，不願多殺生造孽。沒想到劉二不願空手而回，吆喝手底下嘍囉，見到值錢貨就拿，敢抵抗者就殺。劉二說：「俺們是強盜，見到值錢貨豈有不搶的道理。」東寨嘍囉一動手，其他寨的嘍囉不甘落人後，也開始強搶了起來。一時梁山寨裡喝斥聲混雜著哭喊聲，詛咒聲摻雜著哀叫聲，更有女子發出的慘叫聲。老周見到清風寨眾人像發了瘋一樣搶人搶物搶貨，自個兒慢慢退到梁山寨外。即便退出有半里之遙，耳邊依稀傳來哀叫聲。不久之後，見黑煙從寨里竄出，接著是熊熊火光。老周眼睜睜望著火光，耳邊響起劉二的話，「俺們是強盜，豈有不搶的道理。」

清風寨眾人回到中條山，小嘍囉個個興高采烈，老周一臉悶樣，首領楊棗則是面無表情。杏兒見了老周和爹的臉色，心想事情可能不太順利。她又不敢去問爹，只好拉著老周到演武場一角問話。老周把詳情說了，也說他擔心梁山會來劫寨，要是沒有嚴加防範的話，恐怕下場堪憂。

杏兒說：「怕啥，咱們本就在刀口上討生活，他們若敢來，鐵定讓他們回不了。放心，爹自有安排的。你沒受傷吧？」杏兒語氣轉為溫柔，一時倒讓老周覺得不好意思，因為很少有人以這般軟語對他說話。

老周回說：「沒有，只是……。」

老周欲言又止，引起杏兒好奇，問：「只是甚麼？」

老周嘆了一氣說：「當時一片混亂中，劉二哥說了一句話，他說俺們是強盜，豈有不搶的道理。」

杏兒問：「這句話有啥不對嗎？咱們本就是綠林強盜，既是強盜，該搶則搶。這才是強盜的本份，不是嗎？」老周望了杏兒一眼，臉色有點奇怪。

杏兒又問：「咱哪裡說錯，你說說看。」老周本想再說，看杏兒那一張未經世事的臉，卻不忍心繼續說下去，更何況杏兒從小在寨子裡長大，耳濡目染之下，有這般想法也不奇怪。

老周說：「沒事，是俺多想了。」

杏兒說：「就是嘛，想那麼多幹啥？走，帶你去瞧咱的馬。」

老周的擔心不是沒有道理的。清風寨洗劫梁山後，面對滿目瘡痍的景象，身受重傷的梁山大頭目馬源躺在床上對沈童柏說，不論付出什麼代價，一定要滅了清風寨。沈童柏說，請大頭目放心，他會去山東找以前結交過的響馬來幫忙，相信在重金利誘下，響馬鐵定會勦了清風寨。馬源說：「這事有勞童柏你了。」

翌日，沈童柏風塵僕僕單騎前往山東。憑藉個人的過往、重金，以及允諾所劫財物全歸響馬所有，沈童柏很快就募集到一支兩百多人的響馬隊伍。半個月後，這支響馬隊伍襲擊了清風寨。

老周擔心梁山會來復仇，楊棗也想到這一點，但其他的大頭目卻覺得兩人過於杞人憂天。劉二說：「俺們已經把梁山給燒了，那些王八羔子死的死，逃的逃，還有啥人馬來找俺寨的麻煩？放心吧，梁山強盜被俺們給剪了。說真格的，還真便宜了那幫官軍。都說官兵抓強盜，沒想到是強盜除強盜，哈哈。」大頭目們對梁山可能反撲一事皆不放在心上，楊棗只得要門口哨兵多多注意。

響馬來襲時，約莫是雞鳴時分。擔任大門守衛的北寨嘍囉王麻子正睡眼惺忪，忽聽得一響聲，似乎有人放箭，趕忙從守衛塔起身，往下一瞧，不得了，寨外黑壓壓的幾百匹馬。王麻子正要敲警鐘時，一支飛箭不偏不倚正中他的胸膛，當場萎了下去，口裡的喊叫聲還卡在喉嚨裡，發不出來。

攻門的響馬隊合十匹馬之力，將寨門拉倒。門一倒，響馬立即衝進寨子，見人就殺，逢人便砍。

響箭射出時，老周聽到響聲，覺得不對勁，立即起身，也顧不得穿上外衣，提了門旁的刀，便向外衝去。此時，寨裡的大小頭目嘍囉，有的還在睡夢中，有的被吵雜聲吵醒，正在嘀咕外頭吵啥吵，沒有幾個人意識到有人襲寨。等到清風寨眾人明白寨子已被攻破時，為時已晚，到處血跡斑斑，屍體橫七豎八。響馬已經殺紅了眼，老人婦孺全不放過。

老周提刀力戰響馬，雖砍翻好幾個人，但響馬如潮水般湧來，一時之間對付不了。不遠處傳來女子慘叫聲，老周暗叫一聲不好後，便往杏兒的住處衝殺過去。好不容易殺到了杏兒房外，衝進去時，不見杏兒。老周又衝了出來，一邊砍殺響馬，一邊大喊杏兒，老周心亂如麻。這時老周才發現原來自己已經喜歡上杏兒，只是一直壓抑，不敢表達出來。老周的心越亂，越像一隻無頭蒼蠅般盲目亂闖亂砍。

老周跑到演武場時，突然見到楊棗被四、五人圍攻，旋即以迅雷不及掩耳的速度，衝進包圍圈內，與楊棗合力解決圍攻他的人。身受多處刀傷的楊棗要老周去杏兒房間護住杏兒，老周說已經去過，但沒見著。楊棗對老周說，我把杏兒交付給你，請你務必保護杏兒，帶她逃出中條山。楊棗交代完，重重握了老周的手，頭一點，衝上前與響馬廝殺。老周看著楊棗有點佝僂的背影，消失在晃動的刀光中。

老周滿寨子到處找杏兒，邊找邊喊邊殺，最後終於在膳堂前，看見滿身是血的杏兒靠牆坐著。老周衝過去時，見到杏兒，都哭了出來。杏兒有氣無力地笑說：「南哥你來了，哭啥哭，也不害臊。」老周哭著說：「杏兒，俺帶妳出去。」杏兒說：「爹呢？」老周一把揹起杏兒，往後山方向，殺出一條血路。

也不知跑了多遠，老周只知道自己揹著杏兒一直往山裡跑。老周感覺到背上杏兒的氣息越來越弱。老周把杏兒放了下來，讓她靠在自己的胸膛。杏兒虛弱地說：「把咱轉過來，咱要好好看著你。」

老周哭著說：「好，好，妳不要說話，要好好休息，俺會找大夫來醫治杏兒。」

杏兒說：「南哥，有一句話咱一直想對你說。」

老周說：「妳說，杏兒說甚麼，俺都聽。」

杏兒說：「咱想當南哥的媳婦。」

老周說：「俺也想娶杏兒當媳婦，杏兒是俺的媳婦，俺這一輩子就杏兒這麼一個媳婦。」

杏兒說：「南哥，謝謝你。不過，杏兒快不行了。南哥，你會記得咱嗎？」

老周說：「媳婦說啥傻話呢？俺的媳婦會好起來的，俺想和媳婦生好多好多個小杏兒。」

杏兒說：「南哥，把你的匕首借給杏兒，杏兒要南哥永遠記得杏兒。」

老周從腳上的靴子裡抽出一把匕首遞給杏兒，杏兒接過後，在老周的臉上輕輕劃過，說：「這樣南哥就永遠記得杏兒了。」杏兒望著老周的臉，心滿意足地笑了一笑。杏兒手上的匕首掉了下來，眼睛閉了起來，嘴角依舊掛著笑容。老周抱著杏兒嚎啕大哭。

老周回到清風寨時，寨子裡一片死寂，以往的吵雜聲全都消失無蹤。僅有的一點生氣，竟是四處啄食的雞群。老周放眼望去，房屋盡毀，雜物散落滿地，到處都是殘缺不全的屍體，人的和馬匹的。費了一番勁，老周把屍體分成數堆，並做上記號，分寨裡的和外來的。老周自個兒不知為何要這樣分，也不知分了之後要做些甚麼，人死後不是都一樣嗎？

老周獨忙時，逃出寨的人陸陸續續回來。每個人不是手傷、腳傷，就是身上滿是刀傷。大夥回來後，恍如隔世，彼此對望無語。看見老周拖著屍體，也動手幫忙整理。沒有人說些甚麼，就是整理家園。也不知過了多少時辰，天色漸暗下來時，終於有人開口問，接下來呢？「血債血償」，不知誰說了這四個字，清風寨倖存者的心中仿佛有了一個明確的目標。

兩個月後，一個飄著雨絲的早晨，老周領著清風寨劫後餘生的二十餘人，從梁山東面翻越過山脊，潛行至梁山後寨。沈童柏料想強攻清風寨後，應該已經肅清清風寨所有人馬，但為了預防萬一，仍派人日夜盯緊出入梁山的道路。至於後山，因山勢陡峭，不要說人，連猿猴也都難攀登，故沒有多加設防。

老周一行人輕易地從後山進入梁山寨，隨即依計畫分成三批，一批縱火，一批縱馬，第三批專門砍殺。老周特別交代，務必三人一組，不可落單，他自己則單獨行動，專找梁山頭目。老周的計畫引得梁山強盜大亂，屋舍處處著火，馬匹在寨內四處亂竄，慌亂之間，梁山寨人根本辨識不出誰是入侵者。

老周抓了一個嘍囉，把刀架在他的脖子上，逼問頭目住在哪個房舍。老周說：「說出來饒你一命，若想裝好漢不說，馬上讓你見閻王。」嘍囉求饒說：「大英雄饒小的一命，小的說了便是。」說完，老周仍是把刀一抹，結果了他的性命。老周趕去大頭目馬源的住處，一闖進去，便見傷勢未痊癒的馬源手持一支狼牙棒，準備出門應敵。老周見到他，話不多說，兩三下就把馬源砍倒在地，再順手補上最後一刀。

老周出了房舍，又抓了一個小嘍囉，以同樣的手段逼問二頭目沈童柏的住處。這次，小嘍囉閉口不言，老周順了他的意，讓他去閻王那裡當好漢。老周處處尋找沈童柏，但在一片混亂中，就是找無沈童柏。

一兩個時辰過去了，梁山強盜死的死，傷的傷，逃的逃。清風寨一行人雖也有傷亡，但因個個報仇心意堅定，仍在寨裡四處搜尋梁山寨人。當老周進入梁山大廳搜尋時，聽見外頭傳來急促馬蹄聲。老周跑出大廳一看，見是一人領著十餘匹馬衝進寨裡來。這批人一下馬，便持刀與清風寨人打了起來。老周看準為首那人，衝了過去，舉刀便砍。那人身手不含糊，見老周衝了過來，從馬上跳了下來，手持雙鐧應戰。

兩人打了十餘回合，未分出勝負。持雙鐧漢子虛晃一招，往後退了一步，問：「你是清風寨的人，報上名來。」

老周說：「俺是清風寨老周，你梁山毀了俺清風寨，今日俺也要滅了你梁山。你是沈童柏？」

沈童柏說：「俺便是沈童柏。俺早料到你會來報仇，既是來報仇，也不用多說廢話，打了便是。」

沈童柏欺身上前，雙鐧對準老周的上中路刺去。老周迅及轉身，單刀從雙鐧之間橫劈。沈童柏迅速變招，上壓下格，試圖夾住老周的單刀。老周不等招式使老，抽離單刀，屈身，以砍馬腳之式，向沈童柏右腿砍去。沈童柏後退兩步，避開砍刀，左右雙鐧以雷霆萬鈞之勢，從上往下擊打老周的天靈蓋。老周舉刀上格，但因沈童柏力大，震得老周的虎口隱隱作疼。沈童柏知今日之戰，非你死就我亡，故出盡全力，用盡崩砸壓掃戳等鐧法，務必重擊老周。老周的單刀只是一把尋常鐵刀，在雙鐧的重擊下，刀刃都已捲成花了，已經無法再傷人。老周以單刀架格雙鐧時，眼角餘光瞄到大廳門前的兵器架上有一支長槍。老周把單刀向沈童柏擲去，快步取來長槍，耍起槍法對付沈童柏的雙鐧。

少林武藝以棍法聞名，十三棍僧救唐王的故事聞名遐邇，老周雖不黯槍法，卻以槍代棍，打出五郎八卦棍。槍本就比鐧長，所謂一寸長一寸強，在老周長槍的圈點撥挑抽之下，沈童柏無法近得了老周，只能在距老周半身之遙舞動雙鐧。沈童柏見討不了好，心裡逐漸著急起來，他自個也知道，與敵對戰時，心生焦慮乃兵家大忌。可是沈童柏壓不下那一顆焦慮的心，於是決定放手一搏。當老周拖槍倒走時，沈童柏奮力躍起，雙鐧直往老周的後腦砸去。不料老周拖槍倒走乃誘敵深入之計，一見到沈童柏躍起，老周立馬下蹲，以左手槍使出鎖喉槍，正中躍在半空中的沈童柏的咽喉。沈童柏摔了下來，眼睜睜看著老周，一副無法置信的樣子。

沈童柏最終死在老周的槍下，老周也算為楊棗、杏兒，以及清風寨眾人報了仇。此刻老周的心情並無大仇得報後的喜悅，反倒感覺陣陣憂傷與哀愁。老周坐在大廳門前的石階上，雙眼望著天空。清風寨眾人肅清涼山最後一批強盜後，來到大廳前，問老周接下來有何打算。老周看了面前一起破梁山的兄弟們，說：「就散了吧！」眾人你看我，我看你，表情怪異，好似沒有聽懂老周的話。一人開口問：「散了，甚麼意思？」老周說：「散了就是散了，大夥各奔東西。」大夥以為老周會重整清風寨，沒想到竟要大家自尋生路去。另一人說，老周的武藝高強，大夥願跟著老周走。老周說：「大夥好生過日子去吧，不要再幹強盜了。」說完，老周起身，啥話也沒說，走出殘破不全的寨子，走出梁山。

就像上回離開浦城縣一樣，老周這次也是不知該往何處去。老周從韓城，經萬榮、聞喜，到了垣曲，想起王屋山劫官銀一事，連帶想到杏兒，心頭一陣憂傷。為免觸景生情，老周走入河南懷慶府，從溫縣進入開封府，這一日來到許州。從遠處老周就見到君悅客棧的幌子隨風飄揚，肚子雖咕嚕咕嚕叫，身上只剩一些碎銀。老周心想，管他的，先吃飽一頓再說，大不了給客棧當長工。

老周走進客棧，馬忠迎上前去，問：「客官打尖或住宿？」老周說：「打尖。」馬忠說：「好咧，客官這邊來。」待老周落座，馬忠問：「客官點啥膳？」老周說：「素菜來三樣，五個饃饃，一壺白酒。」王掌櫃聽到老周的點膳，好奇地往這邊望了一望，心裡琢磨著，一般點素菜不太會點酒，點酒必點葷菜。這客官倒稀奇，點素菜配酒。

不一會兒，馬忠將膳點齊擺在桌上，說：「客官慢用。」老周用完膳後，往口袋一摸，把全部的碎銀都掏了出來，放在桌上，喊馬忠過來，問他桌上的碎銀夠不夠付帳。馬忠把碎銀拿起來，在手上惦惦斤兩，說：「客官，您這把碎銀子付酒錢都不夠啊。」老周望望馬忠，不答話。馬忠嘆一口氣，前去櫃檯請王掌櫃過來。

王掌櫃對老周說：「這位客官，人在江湖行走，難免有不便之處。俺看您不是來白食，而是真有不便之處。說說看，或許俺們也可想個辦法先度過眼前也說不定。」老周看看王掌櫃，一開口就把他從少林寺下山後所發生的一切說了。老周自己很驚訝，不曉得為何會對王掌櫃全盤托出，或許他是這些日以來，首位開口願意幫他的人吧。王掌櫃也很驚訝，沒想到眼前這人年歲不到三十，竟然經歷那麼多殺戮與死別。王掌櫃略一盤算，說：「這樣吧，就委屈您在俺的客棧當雜工，等您啥時想離開，說一聲便是。今日的膳點算是本客棧先支付您的工錢。」老周沒想到王掌櫃心腸這般好，便點頭答應。老周在君悅客棧當起雜工，馬忠終於有一個可以讓他使喚的人了。

多日後，君悅客棧門前了來一位化緣的老和尚，每日從早到晚站在客棧右側，手托缽，眼微張，嘴裡念念有詞。王掌櫃通常都不會驅趕站在客棧前化緣的出家人，反倒午時前必施捨素菜一盤和饅頭一個。老周打掃客棧裡裡外外，每回經過老和尚時，都會聽見老和尚輕聲念誦觀世音菩薩普門品。老周初時不以為意，當初年少時在少林寺習武，就已聽過寺裡的大師父講解普門品。可當老和尚唸到「千處祈求千處應，苦海常作渡人舟」時，他的心頭一震，頓時呆住。他以前從未深想過這兩句話的意思，只覺得觀世音菩薩神通廣大，化作不同形象，以不同方式助人脫離苦海。其實震動老周心頭的是最後那三個字：渡人舟。老周心想，這渡人舟，字意上是解苦救難。他雖無法解眾人之苦，救眾生之難，卻可作為一艘舟，助人渡過彼岸。老周本在打掃，想通後，便向老和尚和合掌一拜，老和尚亦合掌回拜，臉露微笑，似乎已明白老周的心意。

老周問王掌櫃，許州附近何處有渡舟之需？王掌櫃想了想，說：「潁水下游與沙河交匯處，近來因航運昌盛，南北兩岸聚集人口漸多，但缺渡船，以致來往不便。若您有意在該處擺渡，方便兩岸往來，自是功德一件。」

老周感謝王掌櫃說：「此正合俺的意，感謝掌櫃，俺明日便去該處擺渡。」

王掌櫃笑笑說：「客官您忒也心急一些，您可會操舟？可知水流之勢？若不知水流，亦不會操舟，您如何渡人過河呢？」

老周摸摸頭，笑說：「掌櫃說的是，不知這裡何處可學得操舟之法？」

王掌櫃說：「您可去許州南郊東湖找梢公劉七，他會教您。」老周依掌櫃之言，去東湖找了梢公劉七，並在他那處待了三個月，學盡操舟的技巧。

三個月後，老周到君悅客棧向王掌櫃道別，說：「感謝掌櫃當日收留，要不是掌櫃好心，俺今日或許尚落難街頭也說不定。」王掌櫃說：「您這是說哪話呢？人總有不便之處，舉手之勞助人，何樂而不為呢？」老周再三道謝，便往潁水下游走去。馬忠望著老周離去的背影，不禁發出感嘆：「難得有好日子過，可是怎麼就時光匆匆，一下就過？」

當老周再度踏入君悅客棧，已是多年後的事了。前一次，阮囊羞澀的他踏入君悅客棧，為的是吃一口飯。這一次，為的是沈修。如果老周不知道沈修是沈童柏的兒子，便不會生出後面的事來。可是當老周知道沈修是沈童柏的兒子後，決定拉沈修一把。老周去了那日沈修下船的集馬村。集馬村也就四十多戶人家，村裡只有一條往來南北的路。往北可通許州，往南可到項城、汝洲。老周心想，沈修至少是大戶人家的公子，縣城是他慣常居住的地方，老周決定往北去許州找人。

馬忠依舊在客棧門口迎接客人，「客官您早啊，今日打尖或住宿？」老周看著馬忠那一張笑了幾十年的臉，暗忖還真是沒變啊，只不過馬忠沒將他認出來。

老周回說：「俺今日是來問人的。」馬忠嚇了一跳，幾十年來，從沒有人這樣回話的。

馬忠說：「客官，您說啥？」老周再把來意說了一遍。

馬忠說：「客官您要問誰？掌櫃？劉大廚子？還是問俺？」

老周笑笑，說：「都不是，俺是來問個人，不對，俺是來找人的。」

馬忠回：「找人就得去衙門找啊，來咱這裡，不是吃飯就是睡覺。」

老周說：「俺是在找人，來這裡是想問你們有無見過那個人。」

馬忠說：「客官，您總算把話說清楚了。您說，您要找的人長啥模樣，有無姓名？」

老周說：「他叫沈修，二十來歲吧，陳州人，身穿一件青色單衣，身上有多處刀傷，若有從此地經過，應該也是五、六日前吧。」

馬忠搔搔頭，雙眼往右上方瞧，說：「沒印象，若有進來本店，俺會記得的。但若從門前經過，這俺可就不知道了。去問問茶肆老方吧，或許他有見過也說不定。」

老周問：「茶肆老方在哪？」

馬忠說：「就在南大街頭那邊，您剛沒瞧見嗎？」

老周不好意思笑笑說：「俺剛走得急，沒去注意。多謝店小二，俺現在就去問問。」

老周馬上走出客棧，馬忠在後頭追問：「客官，客官，您尊姓大名啊？俺看您覺得挺面熟的。」

老周邊走邊回話：「俺是雜工老周，你知道的。」

馬忠說：「老周？老周？啊，你是老周！」

走遠了的老周向後方揮揮手。

中

迷迷糊糊中被喚醒的沈修，一睜開眼，船家便叫他趕快上岸。拿起單刀，一腳跨出船岩石，覺得全身痠痛，但也顧不了那麼多，趕緊逃命要緊。沈修上岸後，沿小路往南走去。也不知走了多少里路，只覺得口乾舌燥，身上刀傷疼痛難耐。見前面路旁有一茶肆，趨前向茶博士要了一碗涼茶。茶博士見來人拿著一把刀，身上多處刀傷，衣服上血跡斑斑，驚訝地愣了一下，隨即恢復正常臉色。

沈修把茶博士遞過來的茶一飲而盡，再要第二碗時，沈修開口問茶博士，此地何處有郎中。茶博士指著前方，說：「離此地三里有個孟家庄，庄里的孟郎中可鼎鼎有名，內外兼修遠近皆知，人稱醫療聖手。」沈修會了茶錢，往孟家庄走去。

行走路上，沈修不時回頭，見道路後方遠處無人，便放慢腳步。沈修心想，方才真是險，要不是掏出十兩銀，包下整條小船，或許會被那些武師生擒也說不定。那個船家雖見錢眼開，也講義氣，為了十兩銀，不怕得罪義父。唉，義父怎會待俺如此，不過就是一個女子，對她做了那事，拿出幾個銀兩不就了事，竟然要生擒俺送官府！俺不是他親生的，送官府也不會心疼吧？

沈修想到他的生父只在他小時候來看過他幾次，記得八九歲後就不曾再來過。娘曾跟他說過爹的事，說爹在做買賣，經常不在家，所以她們母子倆才住在王叔叔家裡。有一天娘生病了，躺在床上對俺說，以後俺要叫王叔叔為義父。當時俺不明白為何要叫叔叔為義父，娘說等俺長大後就明白。那天晚上娘沒有再醒來過，娘走了。

義父不曾說過爹的事，一直要俺學如何做買賣，俺對買賣又無興趣，只喜歡舞刀弄槍。義父擰不過俺的哀求，送俺去武館習武。學武倒是挺有趣的，尤其是結識二狗子他們幾個，每日幹些偷雞摸狗的事，也挺快活的。俺也從家裡拿些錢，與大夥一起喝酒、玩骨牌、擲錢。大夥的胃口越來越大，俺就從家裡拿些值錢的東西，到大通巷古玩市集換些銀兩，他們都叫俺老大，當老大的滋味不賴啊，走在路上都覺得有風。

二狗子家附近有一處私娼寮，俺去過，胭脂味太重，年紀顯老，兩三次後便覺得索然無味。有天俺在街上看見一老婦帶著一少女在布莊買布，那少女真是美若天仙啊。自從見過她後，俺便每日茶不思飯不想，只想如何才能一親芳澤。二狗子看出俺的心思，便說俺是他們的老大，他們會想辦法讓俺快活快活。

一天下午，二狗子叫俺去陳大耳家候著。等了片刻，他們帶了一個人來，說要給俺驚喜。原來他們把那少女綁來，少女似乎昏睡不醒，而且被脫得赤條條的躺在床上。俺實在不敢做那事，不過為了不讓他們嘲笑俺，也為了顯老大的威風，俺還是做了。完事後，他們把她穿上衣服，丟在紫雲庵的後牆外。

對這事，俺有些心虛，盡量裝作沒事。但紙是包不住火的，事情終於傳開，少女上吊自盡了。二狗子說這事與他無關，是俺幹的。俺無法在家裡待下去，只好跑到外頭躲藏。二狗子他們真是可惡，出了事各個撇乾淨不說，俺四處躲藏時，竟然都不講義氣，沒有人拿點吃的或銀兩來。夜裡跑去找他們，沒人願意應門，只有狗吠聲。俺想老是這樣躲著也不是辦法，於是趁天剛破曉，家裡人還未起身之際，潛回家，拿點值錢的東西去變賣，最好能找到銀兩，再遠走高飛，反正這個家已經不能再待了。

合該是俺的運氣不好，剛找到一包銀子，豢養的小黃狗卻突然跑來跟俺親熱，還張嘴露齒吠叫，興奮得很。小黃狗的吠聲驚動屋內的人，俺跑出門時，撞見幾個會武功的漢子。俺邊跑邊和他們廝打，從其中一個漢子手中，搶了一把單刀，殺傷一兩個，也被他們劃了好幾刀。看他們出刀的模樣，不像要置俺於死地，倒是想生擒俺似的。俺跑到渡船口，上了船，最後就是走在這路上。

沈修好不容易走到孟家庄，便向人詢問孟郎中的藥鋪。路人指明去路後，沈修便尋去孟郎中藥鋪，請孟郎中醫治刀傷。孟郎中見沈修身上多處刀傷，也沒說些甚麼，這類事早就見慣了。鬥毆廝殺事件雖不常有，附近鄉里若有內外傷，都會送來他這裡醫治。處理多了，經驗也跟著豐富起來，嘴巴卻越來越緊，能不知道內外傷的緣由，就不要知道。不過，孟郎中見沈修年輕，倒是多說了兩句，「年輕人血氣方剛，戒之在鬥，最好少動刀槍。你身上穿的衣服可以扔了，去換一套新的。」沈修默默聽著孟郎中的話，心裡暗忖，是他們先動手的，又不是俺愛鬥。再瞧瞧自己身上的衣服，果真該換了。還好方才一路走來，路上無人，否則見到俺的穿著，不報衙門才怪。

沈修付了醫藥錢，走出藥鋪，摸摸內袋銀兩，所剩不多了，接下來該怎麼辦？沈修頓時覺得有些慌張，但也無法可想，只得先去換下身上這套衣服再說。

孟家庄不過四、五百戶人家，走來走去就是那麼幾條街，沈修覺得他自己在這裡找不到生計，何況他也不知道自己能做些甚麼。唉，早知道就跟義父學做買賣，也不會落到如今的下場。沈修走回藥鋪，跟夥計打聽附近較大縣城。夥計說，孟家庄往西五十里即是汝洲，是個大縣城。

汝洲位在汝水和黃西河交匯處，汝水從汝洲一路往南可通穎水，汝洲可說是汝水船運的起終點。汝水再往北，進入山區河道變窄，已不適合行駛貨船。每當貨船進出時，汝水碼頭異常忙碌，不管是卸貨的或上貨的，大批運夫排著長長隊伍，等著以最原始的力氣，把一包包或一綑綑的貨，扛下船，或者扛上船。沈修看著運夫，各個身形精瘦強健，膚色黝黑，打著赤膊，豆大的汗珠子沿臉頰兩側流下。沈修心想，俺做得了這個嗎？

正當沈修看得出神時，聽見背後傳來，「小夥子看啥呢？要不要來幹活，咱們正缺人手。」沈修回頭一看，見是一個中年大叔向他走來。沈修忙回：「俺正想這活適不適合自己？」漢子回：「有啥好想的，想幹就幹，不想幹就走，甭在那婆婆媽媽的。」沈修見漢子爽快，心頭一時熱起，說：「好，俺幹了。」漢子哈哈大笑，說：「這才是條漢子嘛！」

漢子帶沈修去了碼頭邊的利民鋪，漢子邊走邊說，他叫蔡百山，是運夫的工頭，手底下有二十來人。平常就是搬運民間船貨，漕運期間充當運夫，聽命糧長行事。兩人走進利民鋪裡邊的一間臥房，蔡百山指了指一個床位，說：「你就睡這兒，待會到前頭櫃檯留下你的名字，俺在碼頭邊的茶棚等你。」沈修就這樣在汝洲待了下來。

沈修年輕力壯，再加上學過武藝，搬運貨物上下船不是甚麼問題。時日待得稍久一些，沈修便看出汝水碼頭的一些端倪。汝水兩邊分成東西碼頭，因汝水的地勢關係，利民鋪所在的東碼頭較長，可同時容納五六艘貨運船停泊。對岸的西碼頭較短，一次最多只能停泊三艘貨運船。兩邊管船貨搬運的也不同，西碼頭只有一個工頭，東碼頭有三個工頭，除了蔡百山之外，另兩個工頭分別是陳浩和柳城。三個工頭掌握了西碼頭的船貨搬運，三人合起來的運夫怕有百來人之多。

有次沈修與蔡百山閒聊時，好奇地問，為啥東西碼頭的船貨搬運有所不同。蔡百山啜了一口茶，說：「這事說來久遠了。汝水船運原本只在東碼頭，後因船貨量越來越大，且為了漕運徵糧方便，官府便在對岸開鑿了西碼頭。本來一條河只需一個碼頭就好，有了兩個碼頭後，事情就來了。船家運貨進來，到底要停泊東碼頭，或是停泊西碼頭？後來官府訂下規矩，民運在東碼頭，屬衙門管，漕運在西碼頭，由漕軍負責。漕糧如果要從東碼頭運去西碼頭，必須得自付擺渡費。西碼頭的貨物，也要繳交擺渡費才能過來東碼頭。

聽說西碼頭的船貨搬運由一個從軍中退下來的軍爺給包了，這個軍爺等於坐擁西碼頭。他的上頭是漕軍，一個監兌，也就是監督查核漕糧的，再上去還有沒有人，俺就不知了。

俺們這邊最早也是只有一個工頭，後來船貨量多了，再加上外地來此地尋生計的人也多，就像你一樣，便開始拉幫結派搶生意，發生鬥毆是常有的事。後來幾個領頭的人見到，若任由此事發展下去，結果會是東碼頭自相殘殺，最後被西碼頭工頭吃掉整個東碼頭的生意。這可不是啥麼好事，更何況西碼頭那幫人想吞掉俺們的地盤，也不是這兩天才有的事。於是大夥談好合組一個漕幫，底下分成三個香堂。幫主由香堂互推，專門負責與船商打交道，和分配搬貨事宜，另外還要防西碼頭那幫兔崽子。大夥商定後就這麼幹。好多年過去了，如今東碼頭的貨運生意還不賴，大夥都還有一碗飯可吃。」

沈修睜大著眼睛聽完蔡百山述說汝水碼頭的舊事，心中浮起聯想，如果他可以當上幫主的話，那該會有一番甚麼樣的景象呢？沈修想著想著，便發了呆。蔡百山見他發呆，大聲說：「發啥呆呢？船進來了，還不趕快去忙。」

碼頭運夫的日常不過就是扛貨上下船，無貨船停泊的時候，運夫三三兩兩在利民鋪玩牌，或者到汝洲的大街小巷亂逛。說起汝洲的商鋪，運夫最常去的地方，無非就是酒肆、賭場和私娼寮這幾處。運夫多是年輕力壯的單身漢子，下工後，找點尋歡作樂也是平常。比較麻煩的是去了賭場想贏一把的，結果卻輸個精光。這還不打緊，若是欠了一屁股債，賭場可是會追到碼頭索人的。

就有那麼一次，利民鋪的陳乞食輸光了賭本還不甘心，向賭場借錢再賭，心想今日手運怎可能那麼背。他的手運就是那麼背，借多少輸多少。陳乞食開始懷疑賭場詐賭，一會抱怨骰子可能灌了鉛，一會又說天九牌被動了手腳。陳乞食的嘟囔引起賭場圍事的不滿，雙方爆發口角，陳乞食被打了一頓。回來後，沈修問他咋回事，陳乞食一臉怒色，卻不發一語。吞不下那口氣的他，拿了一把尖刀出了門。兩刻鐘後，五六個漢子手拿棍棒追著陳乞食，陳乞食跑回利民鋪，那夥人緊追不捨。沈修見狀，拎起一根長棍，擋住漢子，不讓他們進入鋪內，雙方就在鋪門前打了起來。好在沈修會些武功，賭場圍事都是些潑皮無賴，善於群毆，手腳功夫倒是不咋樣，被擋在門前，硬是無法入門。這事到後來還是蔡百山出面料理善後，陳乞食被攆出漕幫。無處可去的他，趁夜放火燒了賭場，隨後跳進汝水。

陳乞食這事讓漕幫和賭場結下恩怨。賭場是少不了運夫這個主要金礦，卻也嚥不下場子被燒這碼事，尤其是對沈修懷恨在心，當日要不是沈修擋在門前，或許事情也不至於那麼糟。那幾個輸給沈修手中長棍的圍事，心裡想的只有報復兩字。他們沒等太久，機會終於來了。

沈修不愛去酒肆、賭場或私娼寮，這些地方他以前就嚐過了。自從那日船家把他從穎水彼岸渡到此岸後，逃過一劫的他收斂許多，不再像以前一樣胡作非為。沈修待人和氣，下工後總是一人獨處，比較常去的地方只有市集。汝洲城內市集位於城西的西關街，每逢初一三五單數日，汝洲附近的農家都會把自家種植採收的果菜、辛香料，或者雞鴨羊，挑來這裡賣。逢初一十五，一些在江湖趕集，做些小生意的南北雜貨商，也會從鄰近縣城，駕著騾車到西關南拐城牆邊空地，擺起三日市集攤。因此初一和十五兩日，西關街一帶攤商林立，熱鬧非常。

這一日正逢初一，沈修一早便到西關街逛。正瞧著未曾見過的乾果時，忽聽見兩個攤商吵了起來。一人說這位置是他的，另一人也說他一直在這位置擺攤，這位置原本就是他的。兩個人吵得不可開交，幾乎要動起手來，逛市集的人群漸漸圍攏過來，沈修也擠進人群裡看熱鬧。

這時走來兩個漢子，大聲嚷嚷說，吵甚麼吵。爭著擺攤的兩人分別把事情經過說了。

漢子對其中一人說：「王老六，你的門攤稅未繳，這個攤位已讓給方二頭了。」

王老六說：「俺不是不繳，而是今年收成不好，想晚點再繳。」

漢子說：「你一拖再拖，是要拖到猴年馬月。自今日起，沒繳就不得在這裡擺攤，走。」

王老六哀求說：「如果俺無法擺攤，家裡生計會有問題，懇請你們能大發慈悲。」

漢子不理會王老六的哀求，動手推了他一把。沒想用力過猛，王老六一個踉蹌，撲倒在地。漢子見狀，任由王老六趴在地上，也不理會。見王老六的菜擔擱在一旁，順腳把它給踢翻。王老六見菜擔裡的蔬果撒落一地，起身想跟漢子拼命。王老六哪是漢子的對手，三兩下就被打得鼻青臉腫。

圍觀群眾指指點點，但都只想看熱鬧，誰也不想惹事上身。沈修起了惻隱之心，按捺不住，跳出來，以雙拳架開漢子。漢子見竟然有人敢從中阻攖，罵了一聲找死，便和沈修打了起來。兩個漢子見一時之間拿不下沈修，分別從靴子裡抽出匕首，對著沈修殺來。沈修見狀，從地上拾起王老六的扁擔，隔開左右來襲的匕首。兩人見一擊未成，便又聯手殺來。匕首再怎麼鋒利，總是沒有扁擔長，兩三下後，兩人的肚子和後背挨了扁擔打。兩人打不過沈修，便落下話，要沈修別走，悻悻然跑開。圍觀群眾見漢子跑走了，搖搖頭，各自逛市集去，西關街又恢復往日的人聲吵雜。

沈修扶起躺在地上的王老六，幫他收拾散落地上的蔬果，勸他趕緊回去。王老六一臉莫可奈何，跟沈修道謝後，便一拐一拐的挑著擔子，往城外走去。沈修原本想轉回利民鋪，心想還是去西關南拐瞧瞧。西關南拐城牆邊空地的市集規模不小，每回都有上百個攤子，賣一些吃的、穿的、用的和玩的，還有刮鬍剃髮和吆呼磨刀的。

正當沈修想叫碗羊肉湯來吃時，背後有人叫住他。沈修轉身過去，見面前站了七個漢子。為首一人質問他方才為何插手管事。沈修見來者當中有剛才被他打跑的漢子，知道對方來意不善，便把剛發生事情的經過說了一遍。為首那人說：「俺是問你為何插手管事，不是問你事情的經過。」沈修愣了一下，說：「俺看不慣有人動手欺負老人家。」為首那人說：「你知道事情的原委嗎？」沈修確實不知他們爭執的原因，嘴上兀自說：「再怎麼樣，也不該欺負老人。」這時一個漢子在為首那人的耳邊嘀咕，邊說邊用下巴指指沈修。為首那人說：「原來是你，早知是你，也不用跟你說那麼多廢話。大夥全上，讓他知道汝洲城誰說了才算。」

沈修不清楚對方說甚麼，看看今日局面，怕是逃不了了。七人一擁而上，沈修頓時轉身逃跑。跑沒多遠，就被對方追上。沈修一人雙拳，自然敵不過七人輪番上陣圍攻。雙方交手十餘回合後，沈修被打倒在地。為首那人說：「把他拖回去。」

沈修醒過來後，發現自己躺在利民鋪的大通鋪上，全身是傷。沈修記得那夥人把他帶到西關街的一處民宅，綁在木樁上，拿一個黑罩子罩住頭後，開始動手修理他。他只知道全身都痛，突然一陣劇痛從頭部傳來，便甚麼都不知道了。沈修看見蔡百山走過來，想起身卻起不來。蔡百山擺擺手，要他躺在床上。蔡百山拉過一把凳子，坐在床尾處，說：「要不是幫主出面，你這小子早就成為汝水的浮屍了。」

原來，那群人抓住他後，除了動手修理外，還傳了口信給漕幫，要漕幫出來解決。蔡百山知道後，去見了幫主，把沈修的事說給幫主聽。幫主說，沈修講義氣，可以救，便出面交涉，最終把沈修帶回。

蔡百山問沈修：「你知道那群人是幹啥的嗎？」沈修搖搖頭。

蔡百山說：「你不知道他們幹啥，你還強出頭，管人家的事，你吃飽沒事撐著嗎？」沈修一臉想辯解的樣子。

蔡百山說：「俺知道你想幫助老人家，但是你也得知道，西關街擺攤有擺攤的規矩。你以為任何人都可以挑著擔子，跑去西關街賣南北貨？告訴你，明面上西關街歸衙門管，實際上是千秋閣說了算。」

沈修問：「千秋閣？」

蔡百山說：「簡單一句話，千秋閣就是汝洲的地頭蛇。這下你懂了吧。」沈修點點頭。

蔡百山說：「俺們漕幫管東碼頭，出了東碼頭，就是千秋閣的地界。汝洲縣城內的賭場、私娼寮、市集，這些有利可圖的地方全歸千秋閣管。千秋閣有千秋閣的規矩，你看不順眼，強出頭，壞了人家的規矩。人家若不給你好看，這以後還怎麼在縣城裡發號司令啊。在人家的地頭上，招子放亮點。」

沈修說：「可是那被欺負的老人家怎麼辦？」

蔡百山說：「怎麼辦？有本事你帶回家養啊，還在那瞎操心怎麼辦。救得了這一個，你救得了下一個嗎？這回算你命好，幫主出面，總算把事情給了結了。以後專心幹你碼頭上的活，不要再惹麻煩了。知道不？」沈修點點頭。蔡百山吩咐他好好休息，等手腳可以了，再下床出來幹活。沈修在床上躺了足足半個月有餘，一下床，便去東碼頭。

每年農曆五月，汝洲附近農民將所應上繳的漕糧，通常是小麥和大麥，自行運到汝水碼頭糧棧，交由縣丞點收。漕糧運上船後，漕軍監兌點收無誤，在漕軍的押運下，由民運貨船從汝水進入潁水，在南直隸入淮河，再運到淮安糧倉交卸。五月的碼頭異常忙碌。

沈修注意到，農民繳交漕糧，一下擺渡費，一下又是修船費，一下又是水閘費，還有運軍耗米，各種額外費用都會落到繳糧農民的頭上。按規定繳交一石漕糧，實際上可能要繳交到一石半。農民繳完糧，經常所剩無幾，甚至還積欠，每每叫苦連天。沈修曾聽蔡百山說過，多年前，遂平、上菜一帶農民不滿徵收漕糧的額外稅費多且苛，引發農民不滿，放火燒了糧棧。官府派大批官軍前來，才將動亂弭平。

有些船主、衙門官吏或押運漕糧的漕軍都想從中牟私利，讓漕運一事成為某些人的額外錢庫。漕運期間，這些人不敢惹的，就是漕幫。沒有漕幫，貨上不了船，也下不了船。可是漕幫也少不了農民，沒有農民，漕幫有一半的時間只能喝西北風。蔡百山也說，漕幫與農民都是底層苦命人，沒有互相壓榨的必要。這也是為何幫主肯出面，把他從千秋閣手裡救出來的原因。

五月初，沈修在碼頭糧棧搬漕糧時，聽見一個老農和汝洲縣丞爭吵。原來縣丞看上老農的女兒，想納為妾，因此在繳糧一事上藉故刁難。老農千萬般不允，最後被捕下獄。獄中老農仍是不屈服，即使女兒願意委身救父，老農仍是不願。為表明心志，老農在獄中撞牆自盡。女兒與老母聽聞噩耗，連夜逃出汝洲城。縣丞家丁緊追不捨，母女在走投無路之下，最後雙雙投入汝水。此事在碼頭傳開，漕幫人人激憤，卻無法為老農聲討官府。隔日，縣丞若無其事般在糧棧查核各地農民運來的漕糧。漕幫運夫見到他，也只能吐口痰，出個呸聲，消消胸中的怒氣。

這事過了兩三天後，利民鋪的張癩頭扛起漕糧袋時，突然崴了腳，人和漕糧袋整個摔落在地，半袋漕糧撒落在外。衙門差役見狀，跑過來，除大聲斥責，還以刀鞘打張癩頭。張癩頭不甘被打，起身和差役爭論。差役為顯官威，繼續毆打張癩頭。附近的運夫們見張癩頭與差役廝打，紛紛圍了過來。縣丞見運夫聚攏，以為他們想藉機鬧事，下令差役拔出腰刀。也不知是誰出手的，只見一塊拳頭大小的石塊飛了過來，不偏不倚地打中縣丞門面，頓時滿臉是血。縣丞唉呦一聲，抬起頭吼著說：「你們想造反嗎？

好，老子今天就教訓你們這些刁民，給我殺。」在場衙門差役一一向運夫殺去。原本一件崴了腳的小事，竟演變成官民械鬥的大事。

沈修見運夫與差役打了起來，連忙把肩上的漕糧袋丟在一旁，找根長棍，快步跑去糧棧。械鬥的場面相當混亂，沈修提著手中長棍，正不知從何處著手時，只見一個差役舉刀向他劈來。沈修毫不猶豫地舉棍架住迎面而來的腰刀，右手橫打，打中差役左臉，左手從下往上一撩，擊中差役的胯部。差役大叫一聲，身子萎了下去。一招得手，沈修便去解救身陷險境的運夫們。

也不知打了多久，只聽見住手聲連連傳來，同時來了一隊兵士，把打鬥的雙方隔開。城守備參將孟超喝令雙方退開，放下手中刀械。差役雖退了好幾步，手中猶握著腰刀，怒目瞪視運夫。運夫聽令後，將手中的棍棒丟在一旁，成群聚在一起。這時知縣、漕幫幫主和工頭們也趕了過來，看見糧棧一片狼藉，地上血跡斑斑，各個臉上一片憂色。

知縣走上前來，見縣丞滿臉是血，便要他先回府去。縣丞用衣袖抹去臉上血跡，加油添醋地把運夫痛罵一頓，末了加上一句，「這般狗賊，竟敢襲擊本官，罪無可逭。」縣丞走後，知縣問衙門差役領班事由，領班把事情經過始末說了。知縣對漕幫幫主說：「柳幫主，你說這事該如何解決？」知縣想先聽漕幫的說法，再來斟酌。若一開始就依法嚴懲，恐怕會影響漕運，到時反而得不償失。

柳幫主說：「這事起因原本單純，僅僅是崴了腳，摔落肩上漕糧袋而已。若漕糧袋有失，漕幫自當賠償，歷年來皆是如此。只是今日貴衙門差役見本幫運夫有失，或許心急之下出手毆人，這才演變成械鬥。說起來，雙方都有過失。」知縣從柳幫主的言語和臉色中，察覺出他有意把大事化小，雙方就此掩過，無須追根究柢。

知縣說：「摔落糧袋，以致漕糧散落一地，以漕幫之能，不是甚麼大事。只是本衙門差役任務在身，不得有閃失，否則必依法論處。差役應是急了，才未經細思，便出手。但差役也只是以刀鞘告誡而已，未曾想要傷人。」

柳幫主說：「想來應是一場誤會，本幫運夫不通文墨，言語粗鄙，卻講義氣。見一人被欺侮，總想一起討個說法。或許方才誤認張癩頭被衙門差役欺負，才想為他出一口氣。這樣吧，糧棧的一應損失和差役們的治傷，由本幫負責，此事便一筆勾銷。不知知縣老爺意下如何？」

眾差役聽了柳幫主的一番話語，個個氣在心頭上，當官的被刁民打，不全部抓起來，好好懲治一番，已算便宜，怎麼會是一筆勾銷？知縣何嘗不知差役的想法，然為漕運計，知縣想了想，說：「好。」差役個個怒形於色，但知縣有意以和為貴，底下的也別無他法。

知縣和漕幫很快達成協議，糧棧又恢復往日的繁忙。可是卻有一人力主必須嚴懲漕幫，這人便是縣丞。縣丞回府後，心中憤恨難消。府中張師爺見縣丞臉上帶傷，嘴上罵罵咧咧，便向縣丞獻上一計，不僅可報一箭之仇，還能訛詐漕幫一大筆銀子。縣丞連忙說好。

械鬥之事過了兩天後，五個運夫下工，去了常去的酒肆飲酒。幾杯黃湯下肚，運夫的嘴把前日械鬥的事說得天花亂墜，好像漕幫運夫各個神勇無比，差役倒像是武藝低劣、腦滿腸肥的孬腳貨。這時走過來一位女子，聽見運夫的事蹟，稱讚不已，說運夫為老百姓出了一口惡氣。差役平日喜歡欺壓百姓，運夫敢與差役械鬥，真是英雄好漢。這幾個運夫耳朵裡滿是女子溫柔的稱讚聲，心頭舒爽無比。女子不停斟酒，運夫也不停喝酒。這時，進來兩個差役。女子對運夫們輕聲訴苦說，那兩位差役以她父母欠債未還為由，要拿她去私娼寮抵債，求運夫為她作主，出面教訓教訓差役。已經喝醉的運夫，聽見楚楚可憐女子的哀求後，竟不管三七二十一，直接出手毆打差役，大鬧酒肆。沈修恰巧路過酒肆，聽見裏頭傳出吵鬧聲，便進去一瞧。不瞧便罷，一瞧是運夫鬧事，出手勸阻。不料，縣丞領著一隊差役似旋風般跑進酒肆，抓住沈修和運夫，一陣拳打腳踢，帶回衙門，全關進牢房。

酒肆鬥毆一事很快傳到蔡百山耳裡，蔡百山連忙跑去牢房，塞了一點錢給獄卒，進去看了沈修和運夫。只見他們六人躺在地上，全身血跡斑斑，對蔡百山的問話，似乎充耳不聞，也不知是昏死，還是不敢答話。蔡百山無奈，只得搖搖頭離去。

翌日，縣丞要小吏帶話給蔡百山，此事要漕幫負責，行兇者必受嚴懲，所有損失，漕幫要加倍賠償。蔡百山把話轉給柳幫主，幫主一聽，知道這是縣丞報一箭之仇來著。漕幫上次討了便宜，這次恐怕躲不過了。柳幫主決意將涉入酒肆鬥毆者，一律交由衙門處置，至於賠償再商議。蔡百山聽後，向幫主求情，希望能保住沈修。幫主說，此事得一視同仁，無有例外。

六人在牢房待了幾日，差役便來牢房修理他們幾日，出前日糧棧械鬥的一口怨氣。數日後，知縣判六人徒刑五年，到應天府中都留守司當苦力運磚，若每人拿出八十兩白銀可贖罪。沈修和運夫平日所賺，不過就是幾文錢，哪裡拿得出銀兩贖罪？說穿了，不過就是縣丞想做穩賺不賠的生意。漕幫既已賠償酒肆，無法再拿出銀兩替沈修等人贖罪。蔡百山去牢房跟沈修等人說了，要他別怪幫主，畢竟惹出這麼大的事，掉進人家的圈套裡，幫裡能做的都做了。

沈修努力張開腫脹的雙眼，微弱的聲音問：「甚麼叫做掉進人家的圈套？」蔡百山低聲說：「酒肆中勸酒的女子，其實是千秋閣私娼寮的張媽，差役是賭場圍事喬裝的。張媽邊勸酒邊撩撥，喝醉的運夫哪裡分得出青紅皂白，見差役進門，便動手打人。縣丞帶著衙門差役，早就等在僻巷裡，一見你們動手，便趕進來抓人。縣丞是為報糧棧之仇而來的。」沈修這時恍然大悟，原本想勸阻運夫，沒想到連自己也掉入人家設好的陷阱裡。這下可如何是好？蔡百山要沈修放寬心，他會想辦法讓沈修等人，在前往應天府的路上好過一些。

三日後，衙門派了五位差役押送沈修和運夫等人前往應天府。隊伍出了縣城東門時，蔡百山已在路旁等候。蔡百山堆著笑臉，把六包有點重量的小包袱一一遞給差役，請他們在路上多多照應運夫們。差役收過小包袱後，連聲說好，卻也不等蔡百山和運夫們說完話，便催促著上路。蔡百山看著押送隊的背影遠去，搖頭嘆息不已。

從汝洲到中都留守司也不過就十多日腳程，一路上，差役只要不順心，便毆打運夫出氣。六人身上被套著枷鎖，再以粗索從腰部綁成一串，即使胸有怒氣，也不敢發出。這日走到孟家庄，沈修突然想起孟郎中曾告誡他的話，「年輕人血氣方剛，戒之在鬥，最好少動刀槍。」沈修心想，他不怪漕幫最後沒有拿錢出來替他贖罪，因為漕幫已救過他數回，而且蔡百山也待他極好。今日之所以落得如此下場，說來說去都是那個混蛋縣丞和千秋閣造成的。但叫他有一口氣在，便要殺了縣丞和滅了千秋閣。沈修偶然瞧見路旁麵攤內，有一個戴著斗笠的漢子一直往他這邊瞧。其實這也不奇怪，誰不想看熱鬧呢？

押送隊走到瓦店，往前不遠便是汝寧府的地界，再過去就進入南京的沈丘鎮了。押送隊走到沈丘鎮外的亂葬崗時，只見路前頭有三個蒙面漢子，一字排開站在路中。帶隊的差役一見漢子擋路，哇的一聲，往來向逃去，其他差役見狀，也不管運夫們的死活，拔腿跟著跑。運夫見差役跑走，也想跑，因被粗繩串在一起，一跑就彼此磕碰，反而全倒在地上。

蒙面漢子見運夫倒地，便舉刀殺了過來。手無寸鐵的運夫們多半不會武功，見白晃晃的刀迎面而來，驚恐之下，手腳並用連滾帶爬想逃。只是綁在一起的六個人，若無同心協力，任誰也跑不了。蒙面漢子衝了過來，很快殺了第一個，接著砍了第二個，正當要殺第三個時，一個戴斗笠的漢子以迅雷不急掩耳的速度衝了過來，手舉單刀隔開殺向第三個運夫的刀，再順手一刀，劃過蒙面漢子的肚子。蒙面漢子完全沒想到竟然有人出刀的速度快如流星，低頭看了一下自己的肚子，只見血從肚子破口處流出，心想自己恐怕要死在這一刀了。抬頭看看殺他的漢子，斗笠下的面容上有一道淺淺的刀疤。蒙面漢子瞪大眼睛往後倒去。

下

那日老周出了君悅客棧，往南大街的茶肆走去。一進入茶肆，便開口問小伙計：「老方呢？」

小伙計說：「老闆出城去了，已去了大半天，也不知啥時才會回來。」

老周接著問：「有無看見過一個身有刀傷的年輕人路過。」

小伙計搔搔頭，想了想說：「沒有。」

老周心想，問小伙計也問不出個啥名堂，還是等老方回來再問。老周跟小伙計要了一壺白毫茶和一碟花生，坐在靠窗桌子，邊喝茶嗑花生，邊注意來來去去的路人。瞧了一會，老周終於明白為何馬忠要他來問老方。原來老方茶肆的位置極佳，剛好在南大門門口。往來南北，出入南大門的路人通常會在這裡喝碗茶後，再出城或進城。

一兩個時辰過去了，仍不見老方返回，老周決定不再等下去，喚小伙計過來，會了茶錢，往城北十里鋪走去。

說起許州十里鋪，販夫走卒，來往商旅，沒有人不知道這麼一個地方。這地方既有賭場、當鋪，也有酒店、妓院和戲台子。十里鋪可說是許州的銷金窟。老周暗忖，看沈修花花公子的模樣，來這打聽或許會有著落。老周沿街詢問，得到的回答不是搖頭，就是沒有。老周不死心，把十里鋪的店家挨家挨戶地問了一遍，就是沒有人曾見過這麼樣的一個年輕人。

老周走到觀音廟，坐在廟口大樹下，自言自語說：「俺為啥要找沈修？是因為俺殺了沈童柏，擔心沈修報復，所以斬草必除根？還是王康所說，如果不盡早找到他，走上亡命之路的他恐怕還會鬧出人命？或者是希望他不要像他爹一樣？」老周腦海裡一片混亂，理不出個所以然來。

老周起身，信步走入觀音廟，站在觀世音菩薩前，雙掌合十，默念一番。老周瞧瞧菩薩尊容，也只是微笑，不發一語。正當要踏出廟門時，見偏門左右一副對聯，寫的正是千處祈求千處應，苦海常作渡人舟。老周愣了一下。上回聽到老和尚念誦這一句，他跑去渡舟。此刻看到這一句，莫非是要他去渡人？老周心念一轉，會心一笑，走出廟門。

老周在許州北面的禹州、長葛、鄢陵等地轉了好多日，無人曾經見過老周形容的年輕人。老周決定回到集馬村，從該村往南尋找。走了一段長路後，瞧見前方有一處茶肆。老周不覺口渴，想想還是去茶肆喝碗茶，順便問問茶博士。

老周一開口形容沈修時，茶博士的臉色一僵，連忙說有。

茶博士說：「那個年輕人手拿一把刀，身上都是血，看起來挺嚇人的。」

老周心急地問：「後來年輕人去了哪？」

茶博士回說：「去了孟家庄。」

老周說：「孟家庄？」

茶博士說：「年輕人問俺，哪裡可醫治他身上的刀傷，俺說三里外的孟家庄有個孟郎中，醫治內外傷遠近有名。年輕人喝完茶後，就走了，是不是去了孟家庄，這俺不知。」老周終於打聽到沈修的消息，異常高興，跟茶博士再三道謝，往孟家庄趕去。

到了孟家庄，老周走在路上尋找藥鋪，突然聞到一股藥草味，便知孟郎中的藥鋪就在左近。老周進了藥鋪，向夥計說明來意，夥計入醫房請孟郎中出來。孟郎中見是一位中年漢子，客氣地請他入座。兩人一陣寒暄後，老周簡要說了沈修，以及他要找沈修的緣由。老周之所以如實說出，是醫者向來不透露患者的隱私。言語中若有隱瞞，很難從醫者口中探查出想要知道的。孟郎中聽了老周的話，點了點頭，也把那日醫治刀傷的經過說了。末了，孟郎中說：「俺對他說，年輕人血氣方剛，戒之在鬥。希望他聽進俺的話。」

老周問：「後來沈修去了哪？」

孟郎中說：「俺不知。但凡出了藥鋪的門，俺便不過問。」

一旁的伙計插嘴說：「俺知俺知，他去了汝洲。」夥計想要繼續說時，看見孟郎中臉色不悅，便打住不說。

老周一臉雀躍，說：「去了汝洲，真是謝謝你小伙計。」老周起身向孟郎中道謝辭行，急忙出門而去。

小伙計一臉懼色地看著孟郎中。孟郎中瞪大眼睛，說：「你知道方才那人找沈修，是真的如他所說的緣由，還是別有所圖？」

小伙計遲疑一會，說：「這這……。」

孟郎中瞧著小伙計未經世事的面容，和緩地說：「不知那人的來歷，要話到嘴邊留三分。不然好意告知，卻是仇家找上門，你說這該咋辦才好？」

小伙計點點頭，說：「知道了。」

老周出了藥鋪不久，肚子突然發出鼓聲，這才想起一直趕路，粒米未進。見出村前的路邊有處麵攤，叫碗胡辣麵果腹。老周吃沒兩口，見遠處有隊伍向村子走了過來。待隊伍走到面容稍可辨識時，見是五個差役押著六個囚犯，六人被綁成一串。隊伍走近麵攤，老周驚訝地認出，六個囚犯中，最後一人竟是沈修。老周一則以喜，一則以憂。喜的是終於找到沈修，憂的是沈修犯罪被押解流放。老周以前幹過捕快，至今還沒忘記押解囚犯這回事。為了不讓沈修認出來，老周趕忙拿麵攤老闆的斗笠戴上，專注地看著沈修。這時沈修也望向這邊來，但沈修沒認出他。看著隊伍走過麵攤，老周會了麵錢，跟老闆買了斗笠，遠遠地跟在隊伍的後頭。

老周跟到亂葬崗時，見領頭的差役突然往回跑。片刻後，另四名差役也跟著往回跑，六名囚犯全倒在地上。正當老周想要弄清楚到底發生甚麼事時，只見前方三個蒙面漢子，衝向囚犯隊伍，舉刀便殺，立時傳出慘叫聲。老周見大事不妙，風急火燎衝了過去，及時隔開殺向第三個囚犯那刀，再順手一刀，猛力劃過那人的肚子，血滴噴了出來。

另兩個蒙面漢子見同伴被殺，連手殺了過來。老周的武藝高強，這兩個漢子的武功平平，殺被綁著的囚犯，輕而易舉，要想勝過老周手上那把刀，可比登天還難。老周以為蒙面漢子既來當殺手，武功應該不錯。但出乎他的意料之外，一交手，便知道這兩人的刀法也不過爾爾。用不了五招，便制服蒙面漢子，兩人躺在地上哀號。

原本囚犯見到蒙面漢子殺來，已嚇得膽顫心驚，只想趕快逃離，卻因為身上的枷鎖和粗繩而跌倒在地上。蒙面漢子殺第一人時，其餘五人慌成一團，有的左滾，有的右爬。殺第二人時，其餘四人驚嚇得面無血色，呆在原地不動。當突然見到不知從哪竄出來的戴斗笠漢子，乾淨利索解決蒙面漢子時，個個呆若木雞，簡直不敢相信眼前所見。待四人回過神來，身上的枷鎖和粗繩已被砍斷。逃過一劫的四人緩緩起身，感謝救他們的漢子，但仍一臉難以置信。

老周開口說：「先把死者拖去亂葬崗，找個坑埋了。」四人依老周所言，動手把三具屍體拖去亂葬崗。

老周喝令躺在地上的兩個蒙面漢子脫去面巾，問：「誰指使你們來殺人的？」

兩人閉口不言。老周見兩人不開口，說：「呦，想當好漢，不說是麼？」走過去，踩住一人的腿傷，那人痛得大叫。

老周問：「說不說？」

漢子說：「俺說，俺說。好漢饒命，俺只是聽命辦事。」

老周說：「從實招來，不然廢了你的腿。」漢子為保腿，一一說了。

原來他們是千秋閣的圍事。前些日，閣主要他們三人候在沈丘鎮外亂葬崗，等押送囚犯的隊伍來時，把囚犯全殺了。他們曾問閣主，押送的差役該如何處理。閣主告訴他們，不必理會差役，差役一見到有人擋路，會自行跑開。至於為何要殺囚犯，閣主沒說，他們也不知道。老周用力踩住另外一人腿上的傷口，說：「真的不知道？」那人痛得哀嚎，說：「真的不知道，好漢饒命。」老周見他們似乎真的不知道，也不再問。

四人將死者埋葬後，回來向老周道謝。老周說：「沈修，俺有事找你。」沈修見這人有點面熟，一時卻想不起來曾在何處見過他。老周說：「俺曾經渡你過河。」沈修恍然大悟，原來他是周家口的船家。老周對其餘三位運夫說：「你們可以走了，走得越遠越好，不要再回去原來的地方。」三人你看我我看你，跟老周道謝，和沈修道別，逕自離去。

老周對躺在地上的漢子說：「你倆也別回千秋閣了，自找生路去吧。」沈修聽見回千秋閣這幾個字，說：「好哇，你倆竟然是千秋閣的圍事，吃我一拳，」便要過來打這兩人。老周及時攔住他。沈修把千秋閣在汝洲的惡跡說了，老周放手讓沈修去修理漢子。沈修出完氣後，老周對漢子說：「快滾，不要讓俺再看到你倆。」

沈修問老周：「您找俺有啥事？」

老周回說：「俺聽了你義父王康的話後，決定要帶你回去。好漢做事好漢當，既然做錯了，回去認個罪，免得終生受良心譴責。」

沈修說：「那件事，俺也不是有意的，是二狗子他們慫恿俺做的。」

老周說：「不管是不是你的本意，或是二狗子那幫人，事情已經發生了，你脫不了干係，何不回去面對？」

沈修說：「不行，回去會是個死罪。」

老周說：「如果最後難逃一死，也比窩窩囊囊躲一輩子來得好。回去認罪，說不定還有逃生之路。今天無論你說甚麼，俺都要帶你回去。若你不從，俺會找條粗繩把你綁回去。」

沈修思索片刻，說：「好，俺隨您回去。不過，有件事俺要先去辦一下。」

老周說：「哦，該不會與千秋閣有關吧？」

沈修說：「就是千秋閣，這幫人為非作歹，甚是可惡。還有那縣丞，非給他點顏色瞧瞧不可。」

老周心想，又是幫派，又是官府，這兩件事幹了，可能驚天動地，到時不好收尾，說：「俺同你去，不過你可得聽俺的，免得事情鬧大了，變成俺倆走投無路。」

沈修和老周往汝洲方向走去。一路上，兩人不急著趕路，沈修把他在汝洲的遭遇說了，老周聽得津津有味，心中暗忖，王康想多了，沈修的本性不壞，聽他在汝洲的作為，皆出於善意，也未曾害過人。

兩人走到了孟家庄，老周先去買套衣服，讓沈修換了，還去藥舖抓了一些內服外抹的草藥。快到縣城時，老周要沈修在城外三里舖的客棧等他，他去城裡打探消息。傍晚時分，老周回到客棧。入房後，從內袋拿出一張汝洲城的簡圖，圖上畫著數條橫線和直線，還標出圈和叉。

老周解釋給沈修，說：「橫直兩線是汝洲的巷弄，圈是縣丞的住所，叉是千秋閣的賭場、私娼寮、總壇、分壇。」

沈修一臉不可置信地看著老周，問：「您是如何辦到的？」

老周笑笑說：「俺曾幹過捕快，那時俺的師父教的。抓捕要犯需要事先籌畫，消息和地圖必不可少，改天有空再教教你。」

兩人開始商量如何著手，如何教訓縣丞，如何出城等等。沈修主張應嚴懲作惡多端的千秋閣和縣丞，老周說貪官和惡霸，就像野火燒不盡的野草，除了又生。只要教訓他們不再作惡即可，不必多造殺孽。沈修想起被害枉死的人，嘴上答應，心裡卻忿忿不平。老周要沈修在客棧休養生息五日，第六日的巳時動手。

* * * *

老周帶著沈修回陳州，直奔王康經營的新原舖。兩人一進舖子，夥計見是沈修，趕忙去裡房請王康出來。沈修一見到王康，雙膝下跪，喊：「義父，修兒做錯了，今日回來認罪。」王康老淚縱橫，以為此生再也見不到沈修，沒想到沈修此刻卻跪在他面前認罪。王康說：「好，好，既然知道自己做錯，那就好，起來吧。」

王康轉而對老周說：「多謝船家把修兒帶回，您對修兒的再造之恩，老朽沒齒難忘。大恩不言謝，您有何需要儘管說。」

老周說：「老人家，俺是渡船人，從此岸渡到彼岸，或從彼岸渡到此岸，渡來渡去，不過就是平安兩字。當日俺把沈修渡到彼岸，今日俺又把他渡到此岸，沈修算是與俺有緣。沈修已經知道他做錯了，這事後彌補有勞老人家了。俺孤家寡人一個，周家口渡船足以餬口，其他都是身外物。」

王康說：「既然如此，老朽不再多言。」

老周看了看沈修，說：「經歷這些日子，你也應該明白為人處世的道理了。俺也沒啥好教你的，你好自為之。俺走了。」沈修點點頭。老周終究沒有透露沈童柏的事。

翌日，王康帶著沈修去西街人家賠罪。兩家商議後，決定以結陰親習俗，讓閨女有個歸宿。衙門因王家與西街人家已和解，知縣判沈修三年徒刑，王家拿出一筆銀兩，算是免了沈修的徒刑。沈修此後和王康學做買賣，不再舞刀弄槍。

這日，君悅客棧膳房人聲鼎沸，馬忠忙著給各桌端茶送菜，王掌櫃也幫忙招呼客人。在一片吵雜聲中，王掌櫃突然聽見一支梅三個字傳入耳裡。

王掌櫃四下裡看，見是商賈那桌傳來，便移步過去，胖臉上堆著笑容，說：「客官您們說啥，說得這麼樂？」

張易說：「掌櫃，俺說發生在汝洲的怪事，消失數十年的一枝梅又重現江湖啦！」

王掌櫃問：「哦，啥，您說啥？」

張易說：「怪事啊，這事說來奇怪，已經多年不曾聽聞一枝梅這名號，為啥又出現呢，真是令人不解。」

王掌櫃問：「到底發生啥事，客官您也說來聽聽，甭釣俺的胃口了。」

張易不懷好意地笑說：「說了，這酒錢算你的？」

王掌櫃說：「這有啥問題呢，馬忠，再拿兩壺白酒來。」馬忠回說，好的。

張易說：「感謝掌櫃賜酒，李兄，你的口才好，你說吧。」被喚作李兄的男子，叫李林，清清喉嚨，說前日他們做買賣經過汝洲，聽街頭巷尾都在談論一枝梅的事。於是便向素有往來的鋪子老闆打聽，老闆說當地平日作惡的千秋閣，不知怎地，竟大發慈悲心，不僅免了一般農戶的門攤稅，還拿出銀子賑濟窮苦人家。那個好財貪色的縣丞一覺醒來，竟發現掉了一隻耳朵，床上血淋淋一片，也不知誰幹的。已經嚇破膽的縣丞當日早上即寫辭官書，把一半家產託給觀音廟，每年辦超渡法會用，帶著剩下的另一半家產回老家。有人說這兩件事是一群江湖高手為嚴懲貪官惡霸做的，辦完事後，在牆上畫了一枝梅花。另有人說，這事兒是漕幫幹的，漕幫和千秋閣與縣丞結怨頗深，從外頭請了數位高手，教訓他們。為了不牽連漕幫，便用了一枝梅的名義。汝洲出了這麼大的事，衙門捕快整天在城內外喊著要抓賊人，可沒人知道賊在哪。

張易接續說：「早些年前，這一枝梅名號可震動好多州府啊，各地的捕快們每天都嚷嚷著抓一枝梅。這事鬧了一陣，好不容易才平息下來。可誰又知道，多年過去了，汝洲竟然又出現一枝梅。算算時間，汝洲的一枝梅應該是幾十年前的一枝梅的兒孫輩吧，這叫做義風傳承遠，賊來惡人遁，哈哈。」

王掌櫃說：「汝洲衙門應該是抓不了賊了。」

張易問：「為啥啊？」

王掌櫃笑著說：「您的打油詩不是寫著義賊遠遁嘛！」眾人聽了哈哈大笑。

（全書終）

後記

本書的每回故事大抵都有它們各自的生命起源。

「武術大會」說的是擂台比武的故事。自古擂台比武的目的可能是招募能人，或是招親，或是爭盟主，常見於古典章回小說，也不乏出現在現代的武俠小說中。

「施粥之恩」說的是親人離散又重聚的故事。僅提供一碗粥，便在機緣巧合之下，獲得最終的圓滿。或許這就是所謂的蝴蝶效應吧，一個舉手之勞的善意，竟有了意料之外的善果。

「假仁假義」的參考座標為《水滸傳》中赫赫有名的八十萬禁軍教頭林沖，不過也只有教頭這一份職業而已，不是林沖這個人。

「椎心之痛」的故事主軸來自白俊雄先生寫的《國術兵器雜談》，書中有個介紹黎家左劍棍由來的段落，讀來令人唏嘘不已。筆者試著在忠於故事情節之下，重新編寫該篇讀後讓人搖頭嘆息的故事。

劍俠南柯

「劍俠南柯」，一看篇名馬上浮想起南柯一夢這個成語。每人都有個大俠夢，夢中的自己武功絕頂，拯救天下蒼生。可現實並非如此，你我皆凡人，故只能做做夢。

「仗義行俠」，說的是三個同村男孩的故事，有著筆者小時玩伴想去山裡學武的影子。

「上古神劍」，以古代名劍為引子，說一段收藏慾望的故事。

「雙棍奇緣」，最初只是想寫一篇兵器中的棍而已，隨著情節開展，變成兩個人（男女主角、師兄弟）和兩個家的故事。

「自渡渡人」是筆者於二零二三年七月初在捷克布拉格郊區塞勒茨搭渡船到對岸札姆奇時，腦海浮起船家擺渡的模樣，想著應該可以寫一篇有關擺渡的武俠故事。回到旅館後，便在電腦上敲下四五段文字，之後開展一篇自渡和渡人的故事。

除了武術叢書外，寫作本書時亦參考古典小說的敘事風格，如施耐庵的《水滸傳》，唐芸洲的《七劍十三俠》和蒲松齡的《聊齋誌異》等書。「自渡渡人」中的漕運部分，則是參考黃仁宇先生的《明代的漕運》一書。

國家圖書館出版品預行編目資料

劍俠南柯／五虎崗過客　著一初版一
臺中市：天空數位圖書　2023.10
面：14.8*21 公分
ISBN：978-626-7161-78-4（平裝）
863.57　　112016845

書　　名：劍俠南柯
發 行 人：蔡輝振
出 版 者：天空數位圖書有限公司
作　　者：五虎崗過客
美工設計：設計組
版面編輯：採編組
出版日期：2023 年 10 月（初版）
銀行名稱：合作金庫銀行南台中分行
銀行帳戶：天空數位圖書有限公司
銀行帳號：006－1070717811498
郵政帳戶：天空數位圖書有限公司
劃撥帳號：22670142
定　　價：新台幣 460 元整
電子書發明專利第　I　306564　號
※如有缺頁、破損等請寄回更換

服務項目：個人著作、學位論文、學報期刊等出版印刷及DVD製作
影片拍攝、網站建置與代管、系統資料庫設計、個人企業形象包裝與行銷
影音教學與技能檢定系統建置、多媒體設計、電子書製作及客製化等
TEL　：(04)22623893　　MOB：0900602919
FAX　：(04)22623863
E-mail：familysky@familysky.com.tw
Https　://www.familysky.com.tw/
地　址：台中市南區忠明南路 787 號 30 樓國王大樓
No.787-30, Zhongming S. Rd., South District, Taichung City 402, Taiwan (R.O.C.)